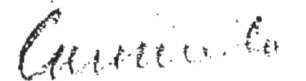

Curiosités

patoises

RECUEILLIES

DANS UN COIN DU ROUERGUE

PAR

J.-J. FORESTIER

Membre de la Société des Lettres, Sciences et Arts
de l'Aveyron.

PARIS

J. MERSCH, IMPRIMEUR

4bis, AVENUE DE CHATILLON, 4bis

——

1900

Curiosités patoises

RECUEILLIES DANS UN COIN DU ROUERGUE

Curiosités patoises

patoises

RECUEILLIES

DANS UN COIN DU ROUERGUE

PAR

J.-J. FORESTIER

Membre de la Société des Lettres, Sciences et Arts
de l'Aveyron.

DÉPOT LEGAL
Seine
Nᵒ *1711*
1900

PARIS

J. MERSCH, IMPRIMEUR
4bis, AVENUE DE CHATILLON, 4bis

1900

PRÉFACE

L'auteur est né en 1836, à Sévérac-le-Château, chef-lieu de district autrefois, chef-lieu de canton aujourd'hui, situé dans le bassin de l'Aveyron, dont la source n'est guère qu'à 3 kilomètres ; ces détails ne sont pas sans importance dans l'étude que nous entreprenons, parce que l'on se fait à son milieu et que le milieu ayant son caractère, détermine le nôtre dans une certaine mesure. Les races et les mœurs, la langue, la religion, les traditions, se sont développées dans le sens des eaux et se ressemblent plus dans un même bassin que d'un bassin à un autre ; la suite de collines ou de montagnes qui sépare deux cours d'eau sépare également les populations, et l'homme du Causse du bassin de l'Aveyron diffère encore de nos jours de l'homme du Tarn et de l'homme du Lot ; la terre, l'atmosphère, les cultures n'y sont pas les mêmes, ni les habitudes non plus. C'est presque exclusivement donc au canton de Séverac, que se bornera cette étude. D'autres régions ont déjà trouvé ou trouveront des interprètes plus érudits et plus éloquents ; peut-être qu'un jour, la muse ruthène, muse rustique et mélancolique, muse simple et naïve, non fardée, mais non sans grâce, inspirera une œuvre principale pour laquelle nous préparons les matériaux.

En 1836, vivaient encore beaucoup d'hommes du siècle dernier, qui, à travers les bouleversements de la Révolution et de l'Empire, dont ils gardaient bien le souvenir et même l'empreinte, avaient conservé quelque chose aussi de l'époque antérieure ; sans sortir de ma famille, tels étaient mes grands-parents maternels et de bonnes vieilles grand'tantes, dont la mémoire fidèle nous retraçait souvent maintes choses du temps passé, des contes merveilleux, des légendes, des proses ou fabliaux, des anecdotes piquantes, naïves, étranges, vraisemblables, pas toujours, mais de cela je ne m'inquiétais guère.

Le soir, à la veillée, même le jour, pour égayer le temps sombre, on chantait de vieux airs, cantiques et chansons ; on dansait quelquefois l'hiver, des rondes, des bourrées ; quelquefois sur le foin, dans une grange ou sur les marches froides d'un escalier extérieur, sous le pignon, un jour de pluie, ou dans un pré, à l'ombre, pendant la fenaison, les enfants réunis écoutaient et racontaient tour à tour ; je retenais assez bien les récits et les airs, je les répétais à mon tour, sans les bien comprendre souvent, ne cherchant jamais que l'impression fugitive que je ressentais au récit entendu ou répété. Les réflexions ne sont venues que plus tard, quand s'est débrouillé, non sans labeur, le petit écheveau ainsi composé.

Alors j'ai osé,

Si parva licet componere magnis,

rapprocher les légendes de l'histoire, et plus d'une fois celle-ci m'a expliqué celle-là ; telle poésie dont le sens m'échappait, telle mélopée dont le rythme avait bercé tristement ou joyeusement mon enfance, se révélaient alors à moi avec une expression bien différente. Les mots surtout m'ont parlé, médailles ineffaçables, sur lesquelles les années, les siècles n'ont point de prise et qui gardent inaltérables les souvenirs du passé. Ce sont ces échos lointains affaiblis, ces débris plus ou moins mutilés, que je soumets aujourd'hui à quelques lecteurs attentifs, sous le titre de *Curiosités patoises.* Il n'a poussé sur notre sol et en patois que quelques fleurs sauvages, jets spontanés, épars, ne manquant pas toujours de grâce, mais cultivées sans art, ce qui n'est pas un moindre mérite pour celui qui cherche à connaître et qui goûte avant tout les œuvres de la nature.

Pour toutes ces raisons, notre tribut sera modeste ; les objets que nous toucherons ont surtout trait aux croyances et pratiques religieuses, aux superstitions, aux contes de la veillée, aux jeux et devinettes, aux formules de serments, aux chants et danses, à certaines expressions qui ont sauvé de l'oubli quelques noms et quelques faits de l'histoire ; nous n'omettrons pas les noms propres de personnes et de lieux, car ils ont, eux aussi, leur enseignement ; enfin nous dirons ce que nous pensons de la langue, des divers éléments qui la composent, de son alphabet, des ressources de son vocabulaire pour le relief de la pensée, comme aussi de son insuffisance ; comment enfin elle est demeurée stationnaire, incomplète, et n'a jamais été que la langue d'une société campagnarde, dont les idées se modifiaient et s'accroissaient lentement, la langue presque d'une tribu, si on l'étudie à part dans chacun des nombreux dialectes qui la composent.

Curiosités patoises

RECUEILLIES DANS UN COIN DU ROUERGUE

CHAPITRE PREMIER

Croyances et pratiques religieuses, superstitions.

Natio est omnis Gallorum admodum dedita religio-nibus, dit César dans ses Commentaires de la guerre des Gaules, toute la nation des Gaulois est entièrement vouée aux pratiques religieuses ; la tribu des Ruthènes ne l'était pas moins sans doute que les autres tribus, et la religion chrétienne, en s'établissant sur notre sol, ne négligea pas ce caractère de la nation ; elle multiplia les cérémonies, les fêtes, les dévotions, les pèlerinages, etc. Évitant de heurter les habitudes des Ruthènes néophytes, le nouveau culte les gagna sans peine à lui. D'ailleurs, c'était un moyen de soustraire de temps en temps le serf à son rude labeur et de lui faire oublier un moment sa triste condition ; ainsi l'année se déroulait égayée par les distractions pieuses. Je ne veux rappeler ici que quelques pratiques dont j'ai été témoin et auxquelles j'ai pris part dans mon enfance.

La messe de minuit est célèbre dans tous les pays ; occasion parfois de scandales aujourd'hui, elle était célébrée dans mon enfance avec une ferveur extraordinaire ; on s'y rendait en foule avec un grand mouvement de lanternes dans les chemins et un grand bruit de sabots ; les vieux cantiques, désappris maintenant, retentissaient tous les ans depuis des siècles peut-être ; Noël, la fête de Jésus naissant, était particulièrement la fête des humbles, des petits ; elle réjouissait nos cœurs, sans compter que le réveillon traditionnel, fait invariablement de boudin et de porc frais, n'était peut-être pas étranger à la piété extraordinaire dont nous étions tous animés.

A la Purification ou fête de la Chandeleur, dans beaucoup de maisons, on cuisait deux pains blancs qu'on appelait « Couloumbous », pour rappeler les deux colombes offertes par la Vierge mère à ses relevailles.

Le Carême était rigoureusement observé par l'abstinence et par le jeûne ; à dix ans, je jeûnais au moins pendant la Semaine Sainte ; je ne parle pas ici des instructions et autres exercices de piété qui se faisaient dans l'église de la paroisse, en particulier le Chemin de la Croix, ni de ceux non moins nombreux qui se faisaient dans beaucoup de familles ; par là naissait et se conservait l'esprit chrétien, par là se transmettaient la foi et la discipline évangéliques.

Le dimanche de la Passion, les enfants recevaient en présent quelques fruits secs : noix, noisettes, figues, amandes, qu'ils demandaient en rimant :

Dounas mé los démerguieiros
Qué bous couparaï lou cap o los nieiros.

« Démerguieiros » vient de « dimergué », dimanche, et signifie par conséquent ici : présents du dimanche.

L'origine et le sens de cette coutume nous sont inconnus.

Le jour des Rameaux, il n'était pas rare de voir enguirlandées de rubans les branches de buis ou de houx ; j'ai vu dans mon temps un houx de belle taille porté par un enfant, non seulement garni de ses fruits rouges, mais encore de gimblettes, de pommes et d'oranges.

Les Jeudi et Vendredi Saints, les enfants faisaient ténèbres dans les règles, une musique infernale se déchaînait dans l'église, quand le prêtre avait donné le signal : la crécelle, qu'on appelait « roné, rana », à cause du bruit enroué qu'elle produisait, ressemblant peut-être d'assez loin au coassement de la grenouille ; la « tiquo-taquo », espèce de marteau de bois mobile sur un pivot fixe, au milieu d'une planchette qu'il frappait alternativement des deux côtés ; le cor, cône en bois rustiquement évidé ; le cornet à bouquin en terre, auquel on donnait le nom guerrier de trompette et qui en avait presque le son ; la conque enfin, grosse coquille, dont le bout de la spirale cassé servait d'embouchure ; tels étaient les principaux instruments de cet orchestre bruyant.

Dans l'après-midi du Jeudi Saint, la population se répandait nombreuse dans les chemins pour aller visiter le tombeau du Christ à Saint-Chély, la petite paroisse voisine ; pendant le trajet, dans le lointain, les rustiques instruments se faisaient encore entendre ; souvent le printemps se mettait de la partie, les prés verdissaient, on allait cueillir des « jonquilles » dans les bois ; tout cela n'était pas sans quelque poésie.

Le jour de Pâques, grande solennité ; presque tout le monde faisait ses Pâques ; on respirait de nouveau l'odeur de la viande, et l'*O Filii* avec l'*Alleluia*,

chanté à l'église, s'augmentait du couplet suivant à la
maison :

> Alleluia, alleluia,
> Mongeoren dé car o dina
> Et dé solsisso ol soupa,
> Alleluia.

Le dimanche de Quasimodo, ou dimanche de « Pos-
quétos », on faisait l'omelette aux têtes de houblon ;
autre promenade dans les prés, le long des eaux, d'où
l'on rapportait, avec le houblon traditionnel, les premiers bouquets de fleurs.

Le lundi de la Pentecôte, on allait répandre l'eau
bénite aux quatre coins de son champ.

A la Fête-Dieu, outre les enfants recrutés, et habillés
de blanc, pour jeter des fleurs et qu'on appelait
« angeos goulardos » (anges gourmands), parce qu'on
les soupçonnait de bien aimer le gâteau sucré, la fou-
gasse, et les cerises que M. le curé leur offrait après
la procession, il y avait encore de petits chanoines, de
petits évêques bien roses ; on avait parfois même des
visées plus hautes : un jeune homme représentant le
Christ avec sa robe rouge, la couronne d'épines, le
roseau, et un autre en robe verte, représentant un
soldat romain, l'air menaçant, tenant à la main un
martinet en guise de verges, s'en allaient tous deux,
de reposoir en reposoir, et apparaissaient formant un
groupe, toujours le même, sur un établi de menuisier.
Les reposoirs étaient ornés de fleurs, les rues jonchées
de feuillage et tendues de linge blanc ; une année, on
établit un jet d'eau avec des tuyaux empruntés au
chaudronnier voisin et force seaux d'eau montés sous
les toits et que l'on jetait ensuite un à un sans inter-
ruption. Cela fit merveille.

Les ornements variaient dans les paroisses des environs : ici l'on mettait des épaulettes rouges de grenadier, là on apportait les pendules, les grands coucous à coffre des campagnes, que l'on mettait tous en mouvement, etc.

A la Saint-Jean, feu de joie, bénit le soir par un prêtre, et que s'amusaient bientôt à franchir les jeunes gars, non sans se griller parfois le bout des cheveux et se roussir la blouse flottante.

Une tradition constante à Sévérac prétendait que, de la plus haute tour du château, on apercevait, à douze lieues de distance, le feu allumé ce jour-là sur le clocher de Rodez, et que du clocher de Rodez on apercevait pareillement le feu allumé sur la tour de Sévérac et que les maîtres de ces lieux se saluaient ainsi tous les ans à la Saint-Jean. Cela n'a rien d'impossible, ni rien d'invraisemblable ; c'est aussi par des feux allumés de proche en proche que les Gaulois correspondaient entre eux dans les circonstances importantes, que les nouvelles circulaient d'un bout à l'autre du territoire.

C'était à la Saint-Jean ou à la Toussaint qu'avait lieu la « logue », ou engagement des domestiques par les maîtres ; dans mon jeune temps une servante ne gagnait pas plus de vingt écus de 3 francs par an ; un domestique de ferme n'en gagnait pas toujours quarante ; un berger de douze ou quinze ans en gagnait dix, avec un ou deux agneaux qui s'élevaient ensemble avec le troupeau du maître, dont il avait le soin ; gages modestes, on le voit, qui ont plus que triplé depuis, sans que ceux qui les gagnent en soient plus riches. C'est qu'alors une stricte économie présidait à la dépense, laquelle ne se pratique plus guère aujourd'hui.

Les processions se faisaient toujours avec un grand

concours de fidèles et dans le recueillement, au chant très harmonieux des hymnes ou des litanies, que répétaient en chœur des voix d'hommes pleines et nombreuses, ce qui était d'un grand effet.

Contrairement à ce qui se fait dans beaucoup d'églises, les femmes occupaient la plus grande place dans la nef et la première du côté du chœur ; les hommes venaient à la suite, près de la porte.

A Sévérac, comme dans bien d'autres endroits, les guerres de religion ont laissé des traces ; l'église paroissiale, bâtie dans le xiiᵉ siècle, par les moines augustins, fut démolie et brûlée par les huguenots, et sur ce qui restait des murs détruits, fut élevée, dans les premières années du xviiᵉ siècle, une voûte lourde, large, surbaissée, nue, comme celle d'une vaste grange.

Même accident était arrivé à la petite église de Saint-Chély, qui était une dépendance de l'abbaye de Saint-Chaffre, dans le Velay, et qui fut restaurée dans les mêmes conditions que celle de Sévérac.

C'est de cette époque troublée que date sans doute l'introduction des suisses dans les églises ; beaucoup de vrais Suisses servaient alors dans nos armées, on les introduisit pour protéger contre tout désordre la chaire catholique et la célébration des saints mystères. Celui de Sévérac portait une hallebarde ou pique du xviᵉ siècle, le baudrier du xviiᵉ, le chapeau à claque des gendarmes, qui date de la fin du xviiiᵉ siècle, et la tunique de 1840, sans parler d'un gilet rouge et d'un pantalon indigo, galonné d'argent. Sous ce costume bigarré, il ne faisait pas quand même trop mauvaise figure et les anachronismes ne se heurtaient nullement ensemble.

Le pain bénit, pain bis pour l'ordinaire, se distribuait à la porte de l'église, à la sortie de la messe ; chacun prenait dans la corbeille, en passant, sans qu'il fût besoin de la promener dans les rangs, ce qui eût été pénible au petit homme chauve chargé de ce soin. Nul ne savait d'où venait à ce petit homme le nom de Chaffrou, il lui venait sans doute de l'abbaye de Saint-Chaffre, sécularisée à la Révolution, et à laquelle, comme frère convers, il avait dû appartenir.

A la porte de l'église était le marché aux fruits, sur une place où l'on a depuis retrouvé des tombes et qui fit apparemment partie du cimetière autrefois, quand on enterrait dans les églises et à l'entour. Moins préoccupés que nous de l'hygiène et autres raisons éminemment scientifiques, nos pères l'étaient davantage des salutaires enseignements que les morts donnaient aux vivants et ils vivaient en leur société, au milieu d'eux.

J'ai dit plus haut que le suisse avait été introduit pour maintenir l'ordre dans l'église; bien que cela paraisse une anomalie dans le culte chrétien, où tout doit respirer douceur et mansuétude, cependant l'intervention de la hallebarde était quelquefois nécessaire. J'ai connu une pauvre vieille folle, qui avait vu les temps de la Révolution et avait assisté peut-être aux clubs du village, et en avait gardé le langage hardi et insolent; il n'était pas rare que, le dimanche, quand le vénérable curé monté en chaire faisait son instruction, elle l'interrompît brusquement et contestât publiquement, à haute voix, ce qu'il disait; toute l'église était en rumeur; il ne fallait pas parler de la faire taire; alors le chapeau de gendarme apparaissait, la folle était expulsée au milieu de rires bruyants, et pour l'ordinaire, comme elle était en récidive, elle allait passer vingt-quatre heures en prison.

C'était un type rare que cette pauvre Cathinou, et, puisque l'occasion se présente de parler d'elle, je ne

veux pas la laisser échapper. Elle passait pour être
une vraie sorcière, elle tirait votre horoscope, elle jetait
des sorts, faisait des signes cabalistiques; elle avait
prédit de moi que je serais notaire; elle avait commerce avec les fées, les fadarelles, qu'elle voyait dans
les fontaines laver leur linge blanc avec de petits bat-
toirs d'or; elle avait des mots d'incantation, des mots
sans suite; elle logeait et soignait des crapauds dans sa
hutte sans fenêtres et souvent pleine de fumée; dans
une bouteille elle gardait des couleuvres grises, ce qui
faisait grand peur aux enfants. De temps en temps
quelque trait piquant de sa mauvaise langue lui attirait
des bourrades. On ne respectait, dans la folle, ni le sexe
ni l'âge; brutalement on la forçait dans son taudis, on
la traînait dehors, au milieu des injures, des sarcasmes;
elle tenait tête à tout le monde; avec son large chapeau
de feutre posé à plat sur sa tête et retombant de chaque
côté, mode perdue aujourd'hui et qui nous était, je
crois, venue d'Espagne, au temps de la Ligue, elle me
faisait peur; je n'étais qu'un enfant, disposé à croire ce
qu'elle disait et ce qu'on disait d'elle.

CHAPITRE II

Superstitions.

On comprendra sans peine qu'un village où la pauvre
sorcière occupait ainsi les esprits ne pouvait manquer
de contes et de légendes merveilleuses; il en courait
beaucoup en effet dans le pays et le pays lui-même se
prêtait assez bien à toutes les croyances superstitieuses.

L'air est vif sur le Causse, les imaginations aussi, et la
vie d'isolement et de privations qu'on y menait les rendait très accessibles aux visions ordinairement pleines
de terreur : le diable avait apparu à celui-ci sous forme
de serpent, parce qu'il avait négligé de se signer aux
quatre chemins ; les âmes des morts apparaissaient
comme des flammes au cimetière, demandant des
prières ; une religieuse était morte dans le temps, qui
n'avait pas avoué un péché à son confesseur, une com-
plainte racontait son histoire, et comme quoi elle avait
apparu dans la nuit sous forme d'oiseau, disant : « Ne
priez plus pour moi, parce que je suis damnée » ; un
chien gémissait-il dans les ténèbres, c'était l'âme de son
maître défunt qui se plaignait ; des fantômes apparaissaient parlant, gesticulant dans l'air, etc. On allait « o lo
débigno », c'est-à-dire consulter un devin ; ceux qui en
revenaient étaient fort redoutés, ils avaient eu commerce
avec le démon, on se le disait ; une femme qui en était
revenue faisait jaillir à plaisir des étincelles de son
chauffe-pieds, comme un feu d'artifice ; certains ber-
gers avaient le pouvoir extraordinaire de faire appa-
raître des loups, de jeter le mauvais œil, c'est-à-dire des
maladies sur les troupeaux ; il ne fallait pas, un matin de
foire, donner du feu à sa voisine ni rendre de la mon-
naie, sans quoi le marché ne vaudrait rien ; un papillon
au corps épais, à l'aile courte et roide, au vol bruyant,
le doryphorus, je crois, paraissait-il le soir à votre fe-
nêtre, c'était un signe que vous recevriez une lettre le
lendemain, à moins que vous ne l'eussiez reçue le jour
même.

Le vieux château désert, presque en ruines, était un
vrai repaire d'êtres fantastiques et malfaisants, le « Drac »
et « Désadieu » y résidaient habituellement et en des-

cendaient à volonté pour effrayer les gens à l'écart ; on avait peur des ténèbres et la nuit toute seule vous effrayait.

———

CHAPITRE III

Mystères, contes, légendes, fabliaux.

Le mystère de saint Théophile de Rutebeuf, qui tient aussi à la diablerie, je l'entendis raconter dans une de ces réunions d'enfants auxquelles je me mêlais volontiers ; cette lettre d'apostasie donnée au diable, puis à lui reprise par la Vierge, était d'un merveilleux particulier, hardi, dont on ne pouvait par soi-même avoir l'idée. Ainsi le souvenir de ce drame mystique s'était conservé, et, du xiiiᵉ siècle, était ainsi, de bouche en bouche, arrivé jusqu'à nous. Plus tard, lorsque j'en ai lu l'analyse et les extraits par nos critiques, j'ai bien reconnu mes personnages, mais je n'ai pas ressenti les mêmes impressions ; le récit d'un petit camarade m'avait tenu plus éveillé.

Au mystère de saint Théophile se rattachent des représentations fort émouvantes, par des marionnettes, du jugement dernier et de la Passion, et qui se donnaient encore dans mon jeune temps.

Ce n'étaient pas là d'ailleurs les seuls fragments, sauvés de l'oubli, de nos traditions littéraires du moyen âge ; les histoires du renard toujours habile et du loup toujours dupé ont amusé encore mon enfance ; les contes de ma mère « l'auque », plus anciens sans doute que ceux de Perrault, circulaient toujours, plus ou moins défigurés, mais intéressants. Qui ne reconnaîtrait Peau-d'Anc dans le conte de « l'oūquieiréto », la petite gardeuse d'oies, dont le nom même rappelle le titre des contes de ma mère l'oie? Qu'on en juge.

Il y avait une fois une bergère, qu'on appelait « l'oūquieiréto », c'est-à-dire la gardeuse d'oies. Elle était fille d'un prince qui la maltraitait, et, pour cela, elle s'était enfuie de la maison paternelle, ayant caché dans une coquille de noix une robe couleur des étoiles, dans une autre coquille, une robe couleur de la lune, et dans une troisième, une robe couleur du soleil. Elle était extrêmement belle, mais, pour cacher sa beauté et dissimuler sa condition, elle s'habillait d'une robe sale; et, le soir, au coin du feu, elle se peignait comme une pouilleuse et jetait au feu des petits grains de sel qui pétillaient, comme eût fait la vermine. C'est pourquoi tout le monde s'éloignait d'elle et la maîtresse lui faisait nettoyer la « seut » de ses cochons.

Or un jour, le fils du roi vint à la ferme, la jeune bergère l'entrevit; puis, il alla se promener du côté où « l'oūquieiréto » gardait son troupeau. Tout à coup il fut ébloui : « Dé qu'ès ocouos », dit-il de loin à la bergère, « dé qu'ès ocouos qu'es obal qué lusis, lusis coumo los estèlos? » Et la bergère, comme ayant mal entendu, répondit en comptant ses oies : « Uno, douos, très, quatré, cinq, sieis, set, huetch, noū, toutos y sou bé moussu. » Et pendant ce temps s'éteignait cette robe d'étoiles, que la bergère remettait dans la coquille de noix.

Le prince revint, et, de nouveau ébloui, il cria : « Dé qu'ès ocouos qu'ès obal, qué lusis, lusis coumo lo luno? » Et « l'oūquieiréto » répondit encore, comptant ses oies : « Uno, douos, très, quatré, cinq, sieis, set, huetch, noū, toutos y sou bé moussu. » Et cette clarté de lune disparut à son tour.

Pour la troisième fois le prince revint, et plus émerveillé encore : « Dé qu'ès ocouos », dit-il, « dé qu'ès ocouos qu'es obal, qué lusis, lusis coumo lou soulel? » Et « l'oûquieiréto », pour la troisième fois, compta ses oies : « Uno, douos, très, quatré, cinq, sieis, set, huetch, noû, toutos y sou bé moussu » ; et ce disant, elle remettait dans sa coquille de noix la robe couleur du soleil.

Le prince n'y tint pas, il voulut voir de près ces étranges choses, « l'ouquieiréto » parut devant lui sous son costume malpropre et déguenillé, mais il la trouva belle et il l'aima.

Rentré à la ferme, tandis que « l'ouquieiréto », un dimanche matin, faisait sa toilette dans sa chambre, il regarda par le trou de la serrure et l'aperçut, vêtue comme une reine, dans sa robe couleur du soleil ; il ne douta pas que ce ne fût une princesse protégée par quelque fée et il résolut de l'épouser.

L'histoire du gâteau et de l'anneau caché dedans manquent à ce conte pour la conclusion du mariage, mais un conte populaire ne saurait se transmettre inaltérable dans sa forme ; cette forme varie comme un chant de même origine, que chacun répète sur un rythme rapide ou lent, qui lui est particulier, auquel on change même quelques notes, sans que ces changements lui ôtent son caractère.

La prose surtout est sujette à ces accidents, tandis que la poésie mieux fixée, grâce à la mesure et à la rime, y échappe davantage.

Ainsi la nature de cette littérature populaire, qui se propage par la tradition, est de se transformer plus ou moins en passant de bouche en bouche ; comme elle n'a point d'auteur connu et qu'elle ne constitue à aucune époque une œuvre que l'on puisse rapporter à un premier original, c'est un bien que chacun s'approprie tour à tour, un thème sur lequel il exécute comme une variation, laissant à ce qu'il touche sa légère empreinte. L'œuvre devient ainsi de plus en plus impersonnelle, l'œuvre de tous; on garde l'étoffe, mais on y a ajouté quelque broderie.

Un Homère vient ensuite qui recueille les légendes, les classe, les unifie, et grâce à lui, les chants d'une Odyssée se développent avec suite comme l'œuvre une d'un même poétique génie.

Avec Peau-d'Ane circulaient, plus ou moins altérés mais bien reconnaissables, les contes du Petit Chaperon rouge, de Barbe bleue et surtout du Petit Poucet; nous jugeons inutile de les reproduire ici.

Plus que toutes les autres, les histoires des ogres, des géants, échos bien dispersés, presque évanouis de nos jours, s'étaient répandues et conservées dans le pays du Causse; il ne fallait pas des sensations délicates, des récits attendrissants à ces rudes natures, mais des sensations fortes, des récits pleins de terreur et de merveilleux; Don Quichotte ne rêvait pas mieux des aventures contre les géants, et Cervantès, comme l'Arioste et bien d'autres, ont puisé souvent aux mêmes sources populaires et toujours fécondes.

Voici le conte de trois géants tués par un jeune berger:

Il y avait une fois un petit berger que sa mère avait chassé de la maison parce qu'elle ne l'aimait pas. Bien que tout jeune, tout petit, incapable encore de gagner sa vie, il se présenta à un paysan et lui proposa de garder ses moutons. « Que veux-tu que nous fassions d'un berger comme toi? lui dit-on, à quoi peux-tu être bon? tu ne pourrais chasser le loup. »

Repoussé tout d'abord, il fut pris pourtant à l'essai, sur l'esprit qu'il montra dans ses réponses ; il soignerait le chien, le chien ferait le reste. On lui confia donc un troupelet, qui, bien surveillé, bien appâté, prospéra.

Or, il arriva que dans le pays passèrent trois géants, les plus grands qu'on eût vus jusque-là ; ils s'étaient établis dans le pré même où d'habitude « lou postourel délorgabo soun troupel » ; on n'osait sortir, les géants étaient là menaçants, tuant et dévorant moutons et gens qui tombaient entre leurs mains ; si bien que le roi fit publier qu'il donnerait sa fille à celui qui aurait tué les géants ; nul n'osait tenter l'aventure, tant la peur était grande.

Le petit berger mena paître son troupeau dans le pré accoutumé ; dès qu'il vit les géants, il se mit à jouer de la flûte et les engagea ainsi à danser ; ils dansèrent si bien et si longtemps qu'ils s'endormirent de fatigue, sans songer à manger le petit berger, et celui-ci, pendant qu'ils ronflaient fort, leur grande bouche ouverte et montrant les dents, tira son couteau de la poche et, sans faire du bruit par crainte de les éveiller, leur coupa la tête.

Quelqu'un vint qui les lui acheta, et, bien que connaissant la promesse du roi, il les lui vendit, mais ayant eu soin auparavant de couper et de retirer la langue de chacune.

Le jour venu, ils se présentèrent l'un et l'autre devant le roi, celui-ci portant les trois têtes, celui-là les trois langues, et réclamant tous deux la main de sa fille. « C'est moi qui ai tué les géants, disait le premier, voici leurs têtes, comme témoignage. — Voici leurs langues, disait le second, comment aurais-je les langues, si je n'avais pas eu leurs têtes ? C'est moi qui les ai tués. » Le roi vit la vérité et donna sa fille au jeune berger qui l'épousa.

Devenu le gendre du roi, il voulut aller voir sa mère, accompagné de sa femme, la fille du roi; mais il y alla sous son premier costume de berger, comme s'il n'avait pas changé de condition. Il commanda un grand repas et l'on fit bonne chère; il se mit à table auprès de la fille du roi, qu'il servait et traitait familièrement, au grand désespoir de sa mère. Quand le repas fut fini, la fille du roi se retira dans sa chambre pour se coucher : « Je veux coucher avec elle, dit le berger, je veux coucher avec elle. » La mère pour le coup fut atterrée. « Dé qué pensos? lo fillo del rei! dit-elle, saïqués sios fat, és pas per tus. — Si bé, mo maïré, m'espèro, ès per iou. » Et il rejoignit la fille du roi.

Le lendemain, tout s'expliqua : le petit berger n'était plus le petit berger, mais un prince jeune et charmant, il donna de l'or à sa mère et retourna à la cour du roi, sur une voiture brillante, avec un équipage encore plus brillant.

Dans un autre conte, deux étrangers viennent le soir demander l'hospitalité pour la nuit; la leur refuser n'était pas prudent, ils étaient grands et forts, les recevoir était moins prudent encore. On avait ce jour-là égorgé le cochon, et, le soir venu, on fondait la graisse sur un grand feu dans la cheminée; les deux étrangers s'assirent pour se chauffer, car la saison était froide; la chaleur les endormit et voilà que, sous leur robe ou leur manteau, les gens de la maison aperçurent de longs couteaux bien aiguisés, qui traînaient jusqu'à terre; la terreur fut grande : c'étaient deux ogres, deux géants, et on était à leur merci. Comme ils dormaient la bouche béante, on prit dans la chaudière de la graisse bouillante et on la versa dans leur gosier. Ils ne se réveillèrent plus.

On parle parfois d'ironie, l'ironie a quelque chose de piquant, les ironistes, entendez les sceptiques raffinés, sont à la mode; nos anciens semblent ne pas avoir détesté ce genre de narration, mais leur ironie était rustique même grossière; le conte suivant en est empreint, c'est une suite d'incidents burlesques, une scène de comédie atellane.

Jean, dans le conte on dit Jouon, qui sent quelque peu l'anglais, resté peut-être dans le pays depuis la guerre de Cent ans, un jour donc s'en allant à la foire, Jouon y acheta des épingles pour sa mère, et, revenu à la maison, répandit les épingles dans le foin. « Comment les retrouver? Une autre fois tu les piqueras sur la manche de ta veste, lui dit la mère.—Une autre fois, je le ferai », répondit Jouon.

Jouon retourna bientôt à la foire pour y acheter un soc de charrue; il le piqua comme il put sur la manche de sa veste. « Maladroit, lui dit la mère, tu as déchiré ta veste; il fallait le porter sur ton épaule. — Une autre fois, je le ferai », répondit Jouon.

Il s'en alla encore à la foire; cette fois il y acheta un cochon qu'il porta sur son épaule; et sa mère le voyant: « Il fallait, lui dit-elle, non pas le porter ainsi, mais l'attacher et le traîner au besoin. » Et Jouon répondit : « Une autre fois », je le ferai.

Une dernière fois il alla à la foire, il y acheta un chaudron qu'il attacha et traîna à travers les pierres du chemin, et sa mère le voyant lui dit: « Tu nous ruineras, malheureux, tu ne sortiras plus d'ici, c'est moi qui irai au marché; reste, toi, à la maison et veille bien au vin, aux poules et au miel. » Jouon promit qu'il veillerait bien.

Mais le renard vint pendant qu'il tirait du vin, et, pour chasser le renard, oubliant de fermer la barrique, il laissa le vin couler. Quand il s'aperçut de sa distraction, il revint à la cave et quitta le renard, qui étrangla et mangea les poules. Jouon, voyant son double malheur, et craignant les reproches de sa mère, se frotta de miel et s'appliqua par tout le corps les plumes des poules mangées, puis alla se mettre sous le lit, accroupi comme une poule qui couve, et quand sa mère revint, il se mit à glousser : « Et aro, dit-elle, op'oïsis n'o'n' aūtro, dé qué fas oquis tus? — Coué, mo maïré, lou roïnal o mongeat lo poulo, et per faïré espéli, iou mé sou mès suis ioūs. — Ah! lou fat, lou fat! ou t'obio bé ditch qué nous ruinorios. »

Ruinés sont-ils, ils s'en vont chercher fortune ailleurs; mais, avant de quitter la maison, la mère dit à Jouon : « Tu feras la soupe, tu y mettras de la graisse avec du fénouillet », qui était des choux.

Le chat s'appelait aussi fénouillet, Jouon le mit dans la marmite, et, la graisse, il l'étala sur les choux, dans le jardin.

Ils partent, Jouon eut froid, il prit la porte de la maison sur les épaules, pour se couvrir. Ils n'étaient pas encore bien loin qu'ils aperçurent une troupe de voleurs qui venaient de leur côté avec un âne, chargé de richesses. Comment se sauver? Ils grimpent tous deux sur un arbre, Jouon toujours chargé de la porte de la maison. Les voleurs s'arrêtent juste au pied de cet arbre et allument un feu, sur lequel ils dressent une chaudière, pour préparer leur repas. Au haut de l'arbre on n'osait respirer.

Tout à coup Jouon dit tout bas : « Oï, moun Dious! mo maïré, aï bésoun dé pissa »; et celle-ci : « Réten té, réten té, aūtromen sen perduts. » Vains efforts, Jouon ne peut retenir plus longtemps, à travers les feuilles l'urine tombe dans la chaudière bouillante, et le chef des voleurs de dire au maître cuisinier : « Réméno, Pierrés, réméno, qu'oquouos aro qué lo manno del ciel dobalo. »

Un instant après, Jouon dit à sa mère : « Aï besoun de coga » ; nouvelle frayeur, nouvelles recommandations également vaines ; Jouon n'y tient plus : à travers le feuillage une nouvelle manne tombe, tandis que, au pied de l'arbre, Pierrés, le cuisinier, soignait la cuisine.

Enfin Jouon ne pouvait plus tenir la porte sur ses épaules, cette fois ils seraient bien perdus sans espoir ; la porte dégringola avec un grand bruit ; ce fut au tour des voleurs d'être effrayés ; croyant que c'était le diable qui venait à eux, pour les conduire en enfer, ils s'enfuirent, abandonnant leur âne et leurs trésors. Lorsqu'ils se virent délivrés, Jouon et sa mère descendirent de l'arbre, s'emparèrent de tout le butin abandonné et revinrent riches, avec l'âne, à la maison.

Le conte est long et il a des péripéties variées, qui lui donnent l'air de pièces rapportées ensemble, sans pour cela manquer d'une certaine unité. Le dénouement aux maladresses de Jouon, on en conviendra, n'était pas facile à prévoir, et voilà comme quoi, si la vertu n'est pas toujours récompensée, l'homme le plus maladroit peut ne pas désespérer de la fortune.

Nous avons dit ailleurs un mot des deux personnages du roman allégorique au moyen âge, le renard et le loup, le conte suivant va les mettre en scène.

Ils entreprirent un jour de défricher ensemble une glèbe inculte, ils n'avaient d'autre provision qu'un pot de miel. A peine étaient-ils à l'ouvrage que le renard écoute et dit : « Aï poū qué mé souonou per téné un botéjat (je crois que l'on m'appelle pour tenir un nouveau-né à baptiser). » Et il quitte son compagnon.

Revenant peu après : « Coussi l'as fatch oppéla? lui dit le loup. — Coumençaillos. »

Le travail un instant repris, de nouveau le renard écoute et dit : « Aï poū qué mé souonou per téné un botéjat. » Et il s'éloigne.

Quand il revint : « Coussi l'as fatch oppéla? dit le loup. — Mitodaillos. » Et l'on se remet à l'ouvrage.

Pour la troisième fois, le renard écoute et dit : « Aï poū qué mé souonou per téné un botéjat. » Et lorsque le loup lui demande comment il l'a fait appeler : « Fénidaillos », dit le renard.

Le commencement, le milieu et la fin; il n'y avait plus rien dans le pot; il n'y eut plus personne à baptiser; le loup avait eu la peine et le renard les profits. La moralité de ce conte était-elle irréprochable?

La prose suivante ou fabliau de Patantan, au contraire, est une bonne leçon aux avares insatiables. Patantan entre brusquement en scène.

« Pan, pan. — Qui est là?

— Lo mo dé Patantan, bénès mé durbi. Bénio beiré qué mé gordessés oquel gronou de blat.

— Mettès l'oquis sus lo match.

Pan, pan. — Qui est là?

— Lo mo de Patantan, bénès mé durbi. Bénio querré lou gronou dé blat.

— Ah! lo poulo ès mountado sus lo match et l'o mongeat.

— Bouolé lo poulo ou lou gronou de blat, bouolé lo poulo ou lou gronou dé blat.

— Eh bé! prénès lo poulo.

Pan, pan. — Qui est là?

— Lo mo dé Patantan, benès mé durbi. Bénio beiré qué mé gordessés oquello poulo.

— Méttès l'obal o l'estaplé, ombé los nouostros.

Pan, pan. — Qui est là?

— Lo mo dé Patantan, bénès mé durbi. Bénio querré lo poulo.

— Ah! lou pouorc l'o bous o mongeado.

— Bouolé lou pouorc ou lo poulo, bouolé lou pouorc ou lo poulo.

— Eh bé! prénès lou pouorc.

Pan, pan. — Qui est là?

— Lo mo dé Patatan, bénès mé durbi. Bénio beiré qué mé gordessés o quel pouorc.

— Méttèz lou ombé lous nouostrés o l'éstaplé.

Pan, pan. — Qui est là?

— Lo mo dé Patantan, bénès mé durbi. Bénio querré lou pouorc.

— Ah! lou tchobal ès bengut et d'un couop dé pè lou bous o tuat.

— Bouolé lou tchobal ou lou pouorc, bouolé lou tchobal ou lou pouorc.

— Eh bé! prénès lou tchobal.

Pan, pan. — Qui est là?

— Lo mo dé Patantan, bénès mé durbi. Bénio beiré qué mé gordèssés oquel tchobal.

— Méttès lou o l'estaplé ombé lous nouostrés.

Pan, pan. — Qui est là?

— Lo mo dé Patantan, bénès mé durbi. Bénio querré lou tchobal.

— Ah! Morionnou l'onabo fa biouré et lou tchobal sés négat.

— Bouolé Morionnou ou lou tchobal, bouolé Morionnou ou lou tchobal.

— Eh bé! prénès Morionnou.

Et Patantan lo méttèt dins un sac et lo corguét sur l'espallo et s'en onèt.

Pan, pan. — Qui est là?

— Lo mo dé Patantan, bénès mé durbi. Bénio beiré qué mé gordèssés oquel sac.

— Méttès l'oquis sus lo taülo.

Lo mestro justoment éro lo Moïrino de Morionnou, et oquel jour cousio lou pa ol four, et disio, tout en lou foguen : « Sé Morionnou éro oïsis, l'i aurio bé fatch un toucodou.

Et Morionnou dins lou sac ou entendét et diét : « Soï sou, mo Moïrino. »

Et lo Moïrino durbiét lou sac, et foguet sourti Morionnou, et Morionnou ojet lou toucodou. Et dobon qué Patantan tournesso, méttérou un co dédins lou sac et l'estoquérou pla.

Pan, pan. — Qui est là ?

— Lo mo dé Patantan bénès mé durbi. Bénio querré lou sac.

— Ténès, prénès lou, l'obès oquis.

Et prenguèt lou sac et s'en onèt.

Et un paü pus luen, lou co boulégabo, omaï jopabo dins lou sac; et Patantan li disio : « Calo, Calo, Morionnou, qué quond séren ol billochet té dounoraï un croustounet. » Et, quond séguérou ol billochet, Patantan durbiet lou sac, et lou co li monget lou nas. »

Les procédés de l'usure sont ici mis en relief dans une série toujours croissante d'incidents, qui finissent enfin par une juste leçon morale, le châtiment de l'usurier.

Nous avons cru pouvoir reproduire sans inconvénient ce fabliau en patois ; les formules revenant, comme un refrain toujours le même, nous y invitaient. Sans prétendre qu'il remonte à une époque éloignée de nous, jusque dans le moyen âge, nous pensons que l'inspiration, le fond en vient ; alors, comme aujourd'hui, les faibles se consolaient, se vengeaient par un trait d'esprit, et la prose de Patantan nous semble se rapprocher des moralités du xve siècle.

Quelquefois le trait d'esprit, déguisé en apparence sous une naïveté grossière, n'en était que plus acéré.

Certain tenancier envoie un jour son fils conduire un porc comme dîme au prieur du couvent, lui recommandant bien de dire en entrant : « Bounjour, moussu lou priou, bous ménabo lou pouorc del dème ; sério b'estat pus gras, mais ol cap dé l'escolio, sé coupét uno combo » ; lui expliquant en outre qu'il devait ne rien accepter de ce qu'on pourrait lui offrir et se retirer en disant encore bonjour.

Le fils, ainsi bien instruit, arrive devant le prieur et fait ainsi sa harangue : « Bounjour, moussu lou pouorc, bous ménabo lou priou del dèmé ; moun païré m'o ditch qué sério b'estat pus gras, mais qu'ol cap dé lo combo s'éro coupat l'escolio ; o récommoundat qué mé romplièssés los pouotchos dé pa et qué mé souhaitèssés lou bounjour. »

Le renversement des termes dans les deux derniers tiers de la harangue ne semble fait que pour faire passer l'injure qui est au début dans le premier.

Jambès, familier du comte de Mostuéjouls, passait pour avoir de l'esprit ; on l'oubliait un jour à table, où il était souvent invité à cause de ses réparties ; on avait servi du poisson, Jambès oublié rappela sur lui l'attention, en mimant la fable *le Rieur et les Poissons*, dont il était pour lors le premier personnage, sans être un sot, comme celui de La Fontaine.

Un autre jour, invité à la même table, il fit comprendre à la dame du lieu, son hôtesse, que certain coin de terre, à elle appartenant, ferait bien son affaire ; il était pétomane émérite, connu pour tel. L'hôtesse céda facilement le coin de terre, et pour rien, dit-elle, la moitié d'un pet seulement, qui lui serait payée par an comme redevance. Comment Jambès se tirerait-il de là ? Son esprit serait en défaut cette fois. Pourtant, condition acceptée, marché conclu, et, séance tenante, Jambès armé d'un couteau, le met, où ? on le devine, bien au milieu, et puis sonne bruyamment de l'instrument, en disant : « Obès énténdut ? Eh bé ! aro, modamo, coūsissez. »

L'histoire ne dit pas quelle moitié la dame choisit.

On parlait gras, parfois leste, dans le pays du Causse, on n'y respectait pas toujours le vêtement du moine ou du prêtre ; de mauvaises langues assuraient qu'ils ne le respectaient pas toujours eux-mêmes : histoires galantes, traits piquants abondaient, daubant pour la plupart sur les curés, les moines et les femmes.

Nous ne résistons pas au plaisir de raconter la double histoire bien connue d'un nid de merles. Voici la première.

Certain berger ayant trouvé un nid de merles dans un buisson, foulait l'herbe verte dans le pré, quand il allait voir la nichée ; il s'accusa du dommage en confession à Pâques. Pour en juger, le confesseur se fit expliquer où était le nid et ce fut lui ensuite qui enleva la nichée.

Quelque temps après le berger revint à confesse, il

devait se marier : « Et cal espousos ? » lui demanda le curé. Le berger répondit : « Saïqués mé boudrias fa coumo del nis de merlès. »

Voici la seconde.

Un curé, un jour de dimanche, avait enlevé de leur nid de jeunes merles; on sonnait la messe, le temps manqua à notre curé pour se débarrasser des petits oiseaux, il les cacha sur sa poitrine, sous la soutane. Les petits grattaient, piaillaient pendant la messe, le saint homme était à la gêne : « Ol sanctus t'espéré », disait-il de temps en temps, « ol sanctus t'espéré. » Et de fait, au *Sanctus,* il se frappa la poitrine si bien qu'il tua les merles. D'où l'expression proverbiale : « Ol sanctus t'espéré », ce qui veut dire : Je n'attends que l'occasion.

Un dernier trait pour finir.

Certain abbé ou prieur, de l'abbaye de Thélème peut-être, attendait un confrère à déjeuner un dimanche après la messe; il n'avait donné aucun ordre à la servante; la mémoire lui revint, quand il fut à la préface, et voici comment il la chanta : « *Per omnia secula seculorum... Vere dignum et justum est,* Cotin, baï-t-en olo curo, portatcho lo giguo *per Christum dominum nostrum;* lomitat roustit et lo mitat boulit, tremporas lo soupo. *Et ideo cum angelis et archangelis,* mettras lou bi ol fresc, sine fine dicentes. « La satire est gaie, pittoresque et naïve, non sans malice toutefois.

Chose assez particulière, la chronique se tait presque absolument sur les nobles du pays; à peine si nous avons une seule fois entendu parler du droit de jambage; la cause en est, pensons-nous, que les maîtres du château n'y résidaient guère depuis longtemps. C'était un séjour bien sérieux en effet que le château de Sévérac pour des nobles devenus courtisans, polis et raffinés, déshabitués des armes peu à peu, et n'ayant plus de passion que pour la vie élégante et de plaisir.

CHAPITRE IV

Quelques particularités sur le château et la petite ville de Séverac, origines, traces effacées, souvenirs de la Révolution.

Ces vieux remparts garnis de tours, ce roc épais, massif, qui les supporte ; cette chapelle gothique, si simple et d'un goût si pur, étaient d'un autre âge ; construits au XIIIe siècle, agrandis au XVe, un peu plus tard, lorsque les guerres de religion furent assoupies, à l'avènement d'Henri IV, la Renaissance construisit dans l'enceinte un vaste manoir et le marqua visiblement de son doigt fleuri. Ce manoir encore debout en grande partie, malgré le travail incessant des années et des orages, avait, regardant le nord, à l'intérieur de la cour, une galerie qui reposait sur des pilastres, formant arcade, comme celles qu'on voit autour de la place royale à Paris. Un large porche cintré le traversait du midi au nord et se terminait sur la cour par un pavillon léger, auquel on accédait par un double escalier en fer à cheval, rappelant celui de Fontainebleau, de la même époque.

Enfin un large et haut pylone grec cintré, avec larmier, isolait la demeure seigneuriale et en interdisait l'entrée ; encore laissons-nous en dehors de cette enceinte des constructions importantes, l'une dite grenier d'abondance et l'autre escudélio, mot venant de escut et rappelant l'écu des chevaliers, par quoi s'explique le nom de ce dernier bâtiment, qui était une écurie.

Cette demeure, malgré sa grande et belle apparence, due probablement à des artistes venus d'Italie, était trop austère pour les d'Arpajon, les maîtres de céans au XVIIIe siècle ; comme la plupart des nobles de cette époque, ils s'ennuyaient où leurs ancêtres avaient vécu et vivaient non loin de la cour où leurs ancêtres se seraient ennuyés. L'un d'eux a donné son nom à Arpajon près de Paris, nom qui y est toujours vivant, tandis qu'il est oublié dans leur château.

On ne disait point de mal d'eux, de bien on n'en disait pas davantage, on ne les connaissait plus.

J'ai pu voir, il y a cinquante ans, quelques portraits anciens avec le chapeau de feutre et la fraise, selon la mode espagnole adoptée par Henri IV ; j'ai vu aussi le portrait d'une marquise peinte avec une guitare, discrètement décolletée, la figure douce et mélancolique, une bergère de Florian peinte par Boucher. Était-ce la maréchale de Biron, dont le portrait muet faisait ainsi seul depuis longtemps résidence ? Était-elle la femme du maréchal de Biron, dont le nom en mon jeune temps était encore quelquefois répété comme celui du dernier héritier ? Nul ne saurait le dire aujourd'hui. Le vaste manoir n'était pas fait pour cette tête aimable de marquise ; elle s'ennuyait peut-être ailleurs dans un salon, dans un boudoir, mais elle ne pouvait plus vivre que là.

Oh ! les tristes transformations des vieilles races ! les robustes chênes ont fini comme des arbustes élégants et qui, à la fin, n'ont donné que des fleurs charmantes encore, mais stériles.

Quand éclata la Révolution, il n'y avait guère au

château que le portier, peut-être quelques domestiques, je n'ai connu que la femme du premier. La municipalité put en prendre possession, sans avoir recours à la violence; confisqué comme bien national, il passa par diverses mains, des Couret de Saint-Geniez aux Las Cases de Bordeaux. L'église seule fut détruite, elle ne pouvait être qu'un embarras pour les nouveaux acquéreurs, quels qu'ils dussent être, du château abandonné; le reste serait bon à prendre un jour, on le respecta.

Que devint le mobilier? nul ne le pourrait dire, ce n'est pas le peuple qui s'en empara. J'ai vu, dans l'ancienne salle à manger, de grandes tapisseries encore pendues aux murs; elles ont disparu depuis avec les portraits dont j'ai parlé plus haut.

La cheminée de cette salle était ornée de figures en bois doré; des amours presque nus, aux corps potelés, des têtes grimaçantes rappelaient encore l'art italien de la renaissance; elle fut respectée pendant de longues années, mais la dernière fois que je l'ai vue, il y a quinze ans peut-être, elle était toute souillée, mutilée, horrible à voir.

Le parquet, un vrai chef-d'œuvre dans son genre, servit longtemps aux ébats et aux ordures des poules, des canards, même des moutons et des chèvres; il est disloqué et pourri maintenant.

Quand un oiseau imprime sa trace sur la neige dans les hauts lieux, cette trace disparaît sous la rafale ou au premier rayon de soleil; elle disparaît sans souillure et nul ne sait que l'oiseau est passé par là, mais les traces de l'homme, après les révolutions, se retrouvent souvent pleines de boue et quelquefois tachées de sang.

CHAPITRE V

Coup d'œil rétrospectif sur Sévérac avant et pendant la Révolution.

Par une transition naturelle, du château passons au village. Il y avait autrefois à Sévérac un hôpital, l'une des portes de la ville était dite porte de l'hôpital ; l'établissement était renté, pour combien de lits, je ne le puis dire ; les biens qui produisaient la rente furent déclarés biens nationaux et vendus ; un seul pré, je crois, a échappé à ce brigandage. J'ai vu vendre dans mon jeune temps ce qui était resté de meubles, la vente eut lieu par un temps humide et froid, il y a cinquante-trois ans environ, et après un nombre égal d'années depuis la nationalisation ; elle eut lieu devant la boutique du cordonnier Unal, notre voisin.

Il y avait pareillement une pâture commune assez grande, on l'appelait encore de mon temps « los coundouminos, condominium », c'est-à-dire propriété commune ; les pauvres y envoyaient leurs vaches pâturer sous la conduite d'un berger, qui les sonnait le matin avec une trompe et les ramenait de même le soir. La commune fut dépouillée comme l'hôpital, ce fut un bourgeois de Saint-Geniez qui fit l'acquisition du petit patrimoine communal.

Quel emploi fut fait du prix de vente, nul ne l'a jamais su ; s'il en a été jamais demandé et rendu compte, le public l'a toujours ignoré.

Dans les premières années de mon enfance, c'est-à-dire jusque vers 1846, on célébrait annuellement à Sévérac la fête d'une sainte peu connue dans le calendrier, c'était sainte Carrière, ce qui équivaut à sainte rue, saint quartier, le mot de carrière dans un village désignant la rue où un char, un carri peut passer, comme corral dans un bois désigne une même espèce de chemin. On célébrait donc la sainte carrière, non pas à l'église, mais au cabaret seulement, on le devine sans peine.

Cette fête était un souvenir, un débris de la grande Révolution, la fête de la fraternité, célébrée en commun par les hommes de la même localité. Quand on eut fermé les églises, supprimé le culte, on institua pour le remplacer cette fête pantagruélique : riches et pauvres, ce jour-là, étaient confondus comme des frères autour de la même table, chacun payait son écot, c'était un retour à l'âge d'or.

Mon père jeune alors y assistait, mais l'institution visiblement dégénérait, c'était une goinfrerie dans laquelle les bourgeois s'attribuaient les bons morceaux, piquant surtout sur le gibier, la volaille, laissant à leurs frères, les prolétaires, les plats de résistance. Il paraissait à cela du mépris pour ceux qu'ils appelaient dédaigneusement « lous mongeodouiros », incapables d'apprécier soi-disant un morceau délicat. On s'en aperçut vite, mon père et d'autres protestèrent qu'ils n'iraient plus. Et la sainte Carrière mourut ainsi d'une indigestion.

Le rôle de la bourgeoisie pendant la période révolutionnaire ne fut pas toujours irréprochable ; là où est la proie, là les corbeaux s'abattent ; non seulement elle prit pour elle les dépouilles des nobles vaincus, elle dépouilla, on vient de le voir, même les pauvres, les faibles, qui, enrôlés dans les armées, se faisaient tuer à la frontière. Plus tard elle se fit l'instrument docile du pouvoir impérial pour recruter les conscrits, poursuivre et rechercher les réfractaires et dénoncer les déserteurs.

Nous avons connu quelqu'un qui avait rempli ce rôle indigne de délateur et d'argousin.

La Terreur porte chez nous le nom de « l'onnado dé lo poū » ; l'expression de brigand « dé lo Bondé », qui rappelle cette époque, explique suffisamment pour quelle cause les gens du district de Sévérac avaient pris parti.

Les patriotes dominaient à Sévérac, il y avait des réactionnaires dans les environs ; une troupe de ces derniers s'était avancée du côté de la Panouse pour tenter un coup de main contre la petite ville révolutionnaire ; les patriotes étaient au château avec deux coulevrines braquées sur les insurgés : au premier coup de canon, dit Gayraud de Lavergne, un des combattants, on se couche par terre ; au second coup de canon, chacun retourne à sa maison ; et c'est ce qui arriva. Après cette tentative inutile, où l'on rit plus qu'on ne combattit, la bande se dispersa.

Une garde nationale s'était formée qui se porta une fois au devant des Blancs de la Lozère, même une rencontre eut lieu près de Saint-Saturnin, dans laquelle un homme de Sévérac, Vergély, dit le Bourrier, fut tué.

_ La dame de Pomayrols fut fouettée en public pour avoir refusé de saluer l'arbre de la liberté.

Un prêtre, l'abbé Jordy, fut tué.

Un autre, l'abbé Séguret, ne dut son salut qu'à la présence d'esprit des personnes chez lesquelles il s'était réfugié : des exaltés, l'ayant vu entrer, l'avaient suivi, proférant des menaces, mais comme on leur offrit à boire sur le pétrin même, autour duquel les gens de la maison étaient rangés et dans lequel on avait eu le temps de le cacher, notre abbé, pour cette fois, en fut quitte pour la peur.

L'église était devenue naturellement le lieu de réunion des jacobins; nous ne savons rien de l'éloquence des orateurs, on doit croire qu'ils faisaient merveille sur un auditoire ignorant, facile à entraîner et gagné d'avance.

Un certain X..., notable, parcourait de temps en temps les rues du village, un sabre nu à la main et criant : « Ça ira, citoyens! » les gens répondaient : « Ça ira! » Et ça allait en effet.

J'ai connu, il y a longtemps, une vieille demoiselle qui avait vu la Révolution : maigre, droite, sèche, ridée, elle avait gardé, toute femme qu'elle était, la fière allure de cette époque; elle venait souvent le soir à la veillée, elle chantait d'une voix devenue tremblante mais ferme encore :

La liberté, voilà la dame,
Triomphe des panaches blancs.

Je ne comprenais point ces paroles, alors, le personnage lui-même qui les chantait était pour moi bien énigmatique; j'avais pourtant plaisir à voir Mlle Colette; chacun de nous s'empressait autour d'elle, mon père la taquinait par quelque malice, il lui racontait maintes histoires qui n'étaient pas toutes vraies, ni même vraisemblables, uniquement pour lui faire pousser des exclamations et lui faire dire en riant : « C'est une craque, je crois, que vous nous comptez là, père Forestier. » Ce n'était pas la seule. On ne s'ennuyait pas le soir à la veillée.

Le culte public étant défendu, les prêtres insermentés

célébraient les saints mystères, dans les granges, clan-
destinement, comme ils pouvaient; ils baptisaient de
même; le mot d'ordre était donné entre personnes
pieuses, qui, de divers côtés, et une à une, pour ne pas
éveiller des soupçons, accouraient à ces dangereux
rendez-vous.

Un jour, l'abbé Codommier allait ainsi dire la
messe à Villeplaine, il rencontra en chemin quelques
femmes qui s'y rendaient; comme les prêtres ne portaient pas alors le costume ecclésiastique, elles ne le
reconnurent point; il leur dit en passant : « L'obès pas
bist possa oquel bougré dé Coudoumier? saïquès l'onas
entendré baūtros otobé? » Elles étaient interdites, sai-
sies de peur, lorsque l'abbé Codommier partit d'un
grand éclat de rire et se fit reconnaître.

Plagnard de la Roque, le tambour-major de Water-
loo, de soldat devenu laboureur, mérite ici une courte
mention : Je le vis en 1848 à la tête de la garde nationale de la Panouse, laquelle venait fraterniser avec
celle de Sévérac; il avait une belle taille, une figure
où se réflétait quelque chose de fier, de noble, même de
jeune encore, malgré les soixante ans qu'il pouvait avoir.
Devant les tambours qui battaient, il lançait dextre-
ment, légèrement sa canne, débris de sa première fortune; il marchait comme en dansant avec une allure
gracieuse et guerrière à la fois; chacun l'admirait, tous
les yeux étaient fixés sur lui; je n'avais pas encore
douze ans, son souvenir est resté bien gravé dans ma
mémoire.

CHAPITRE VI

Jeux.

Après cette digression sur le château et la petite ville de Sévérac, digression qui n'est qu'apparente, revenons à notre sujet, les curiosités patoises, objet de cette étude.

Il est bon et permis de s'arrêter un moment sur la route, à condition de ne pas s'égarer, et de ne pas s'endormir; nous venons de dire que la digression n'avait été qu'apparente; si toute littérature en effet n'est que la peinture de l'âme humaine, la description des faits est-elle autre chose que la peinture de certains états de cette âme? Tandis que la poésie la montre avec ses frondaisons et ses fleurs brillantes, l'histoire, hélas! tristement, ne nous la montre pour l'ordinaire que dépouillée de ses ornements et sans grâce, dans la roideur et le nu des branches et du tronc.

Les enfants jouaient beaucoup autrefois, les jeux étaient simples, ni recherchés, ni savants; c'étaient des exercices de force, de vitesse, d'adresse quelquefois, non point des casse-tête qui fatiguent l'esprit, sans récréer le corps.

Amuser les enfants est aujourd'hui la préoccupation non pas tant des parents que d'industriels qui, sans souci du résultat, ne cherchent que le lucre; on s'en remettait autrefois aux enfants eux-mêmes.

Entre tous les jeux que j'ai connus et pratiqués, il y en avait un absolument oublié maintenant : un espace séparé par une ligne de démarcation s'appelait le camp; de là, l'un de nous, de bonne volonté ou désigné par le sort, s'élançait, en criant : « Francongé, lo cordino bostardo, lou prémio qu'ottrapé li coupé l'espallo. » On fuyait; celui qu'il avait touché, sans lui couper l'épaule toutefois, et lui-même étaient ramenés au camp à coups de poings; à deux maintenant, et en se tenant par la main, avait lieu une nouvelle sortie; puis à trois, puis a quatre, etc. Il fallait se tenir solidement pour ne pas se laisser rompre, car ceux qui étaient poursuivis s'élançaient à leur tour, et si la chaîne était rompue, la sortie repoussée, on rentrait au camp sous les coups de poings qui pleuvaient drus sur le dos.

Ce camp où l'on se retranchait, ce cri quelque peu sauvage et barbare poussé à chaque sortie du camp, ces sorties heureuses ou repoussées, ces coups de poings largement distribués, ne rappellent rien de notre temps et semblent appartenir à une époque éloignée, batailleuse, plus guerrière que la nôtre.

Le père Jacob, qui n'est, comme chacun sait, qu'une poursuite à cloche-pied, était connu sous le nom de « Péro-sur » ; « sura » veut dire jambe en latin; l'origine du jeu, à en juger par le mot, doit être ancienne.

On jouait avec des noix, avec des haricots, à la paume, aux billes, à cache-cache, qu'on appelait d'un mot latin « rescoundudos ».

On dressait une noix sur deux autres, c'était un « costélét », ou une noix sur trois, ce qui faisait quatre, c'était un « corrélét »; chacun dressait le sien; l'enjeu était les noix mêmes, elles appartenaient à celui qui abattait un « costélét » ou un « corrélet ».

On ne pouvait procéder de même avec des haricots : un trou ou pot étant creusé, chacun à son tour, et par trois pichenettes successives, devait pousser son haricot pour l'y introduire en prononçant les trois mots sacramentels : « médis, médos, antéclos », dont le dernier seul semble intelligible : clos, voulant dire fermé ; anté, auparavant, semble signifier que le haricot, pour être gagné, devait au préalable être introduit, clos dans le pot. De là peut-être pourrait-on inférer que « médis, médos », jeu innocent entre tous, était un jeu fort ancien.

Les billes s'appelaient crûment « boucorellos » ou crottes de bouc ; on y jouait comme on y joue partout, sans particularité digne d'être remarquée.

Le jeu de paume au contraire en avait quelqu'une : des trous étant creusés sur une ou plusieurs lignes et chaque joueur ayant le sien, il fallait, en la roulant, introduire la paume dans l'un des trous ; était-elle introduite, le titulaire du trou à deux ou trois pas de là visait l'un ou l'autre des joueurs qui fuyaient ; le joueur atteint visait à son tour. A chaque coup manqué il était mis une petite pierre dans le pot du maladroit, lequel recommençait le jeu en roulant la balle à son tour, et cela jusqu'à ce que l'un des joueurs eût quatre ou cinq pierres dans son pot pour coups manqués ; celui-ci debout, tournant le dos à ses camarades, recevait alors de chacun autant de coups de balle qu'il y avait de pierres dans son pot.

A cache-cache ou « rescoundudos », les filles jouaient avec les garçons ; pour savoir qui le premier devait cligner, on tirait au sort et voici comment : autour d'un chapeau ou sur le bord d'un tablier, chaque joueur posait un doigt et sur chaque doigt tour à tour un autre doigt passait, en même temps qu'un mot était prononcé de l'une des trois formules suivantes :

1ʳᵉ Formule.

Un pount,
Bourdoun,
lestel,
lémel,
Campis,
Campos,
pé dé baco, pé dé biou,
binto quatré, binto noū,
fouoro,
nouoro,
est.

2ᵉ Formule.

Un loup possabo per un costel,
Lo quouéto lébado, lou quiou dubert,
Flico, flaco,
Baï-t-en o to plaço.

3ᵉ Formule.

Uno pouméto
Niclèto
Niclaū .
Sento boguéto,
Costel rougniaū,
lhirgo, lhirgo,
Corboulet,
Biro lo gaūto'n
boun soufflet.

Traduire ces formules n'est pas possible, parce que
d'abord beaucoup de mots n'ont aucun sens par eux-
mêmes, et ensuite parce qu'il n'y a aucun lien entre
eux, et qu'ils n'expriment par conséquent aucun sens.

Ils ressemblent et font penser à certaines formules d'incantation des mystères du moyen âge :

« Ci conjure salatins li deable pour Théophile »,

Bagabi, laca, bachabé,
Lamac, cabi, achabé
    Karrélyos.
Lamac, lamec, bachalyos
Cababagi sabalyos
    Bargolas.

Ne pouvant les comprendre, puisqu'elles ne disent rien de compréhensible, il faut néanmoins remarquer le mélange de mots latins qui se trouvent dans la première de ces formules et retenir comment elles sont toutes trois rimées. La rime bien insuffisante et défectueuse, avec une certaine cadence que marquait bien celui qui répétait, n'étaient pas sans effet sur des natures jeunes et frustes; c'était bien la voix du sort qu'on entendait.

Au printemps, nouveaux jeux, on faisait sifflets, coromels (chalumeaux, calamus), boutchinos (trompettes, buccina). Pour détacher l'écorce de son bois, nouvelles paroles d'incantation que nous prononcions chacun avec une foi imperturbable.

En sab' en sabo, pétorello,
Joust lo quouo dé mo bédèlo,
    Mo bédèl' o fatch un ioū
    tout coillouol, tout coillouol,
Se bouol pas sourti, lou soquoraï dins un bortas
Qué n'entendro pas ni compono ni clas;
    Souort, souort, soudis lou gal,
        tiro, tiro,
    Soudis lo golino.

C'est le même assemblage de mots incohérents, c'est le même penchant poétique qui s'affirme encore ici par la rime et la cadence; ajoutons que c'était la même crédulité enfantine, à la puissance mystérieuse des mots qui vous bercent comme une musique, même sans qu'on les entende.

CHAPITRE VII

Devinettes.

Nous en citerons peu, n'en sachant pas beaucoup et considérant ce genre d'exercice comme inférieur; les suivantes nous ont paru offrir quelque intérêt moins par la finesse de la pensée que par le pittoresque et le naïf de la forme.

« Qu'és oquous qu'ès round, round coumo'n curbel? louong, louong coum'uno guillado? »

Qu'est-ce qui est rond, rond comme un crible? long, long comme un pique-bœuf. Cela sent le labour.

Un puits, un pous. La réponse était souvent accompagnée d'une rime..

« Quatré doumoïsélettos se posséjou per un prat, ploū qué clafo, omaï sé mouillou pas. »

Ce sont les quatre trayons du pis de la vache.

Modamo lo négretto
Sé siei sus lo selletto
Et moussu lou rouget
Li buff'ol quioulet.

C'est la marmite sur le feu.

On proposait le problème suivant :

> Setsé et résetsé
> dos oset et tretsé
> bingt et dos onoû
> Débigno, tus, quont foû.

On cherchait, on comptait, opération longue pour des enfants, on trouvait ; cent un répondait-on ; et, pour rimer, le questionneur ravi ajoutait :

« Penden que lo bieillo cogabo, tus, li ténios lou lun. »

Quelquefois la poésie se continuait encore sans changer de ton.

Terminons par cette dernière énigme :

« Qu'ès oquouos qué d'ount maï li tirou lo gorgonto, D'ount maï conto ? »

C'est une cloche que l'on met en mouvement par une corde.

Tout le monde ne devinait pas ; heureux et fier celui qui devinait.

Il est à remarquer comment le goût poétique, l'amour de la rime et de la cadence, se retrouvent dans les devinettes, comme dans les jeux, même dans les fabliaux ; la mesure n'y est pas régulière, mais on sent le mouvement, on voit la tendance.

C'est la manière antique des oracles qui souvent répondaient en vers à ceux qui les consultaient, nouvelle énigme souvent faite pour éclaircir celle qui était proposée. Ce langage obscur avait pourtant son attrait, c'était son obscurité même et son rythme. L'âme humaine est mouvement, elle est sensible au nombre symétrique, cadencé, elle vibre alors, parce que le nombre répond à sa nature, il est sa règle.

CHAPITRE VIII

Expressions particulières rappelant certains noms et faits de l'histoire.

« Ouogré » et « bougré » se sont conservés dans le Rouergue comme partout ailleurs, rappelant les invasions des Hongrois et des Bulgares, invasions oubliées depuis longtemps, mots incompris, dont le sens bien dévié aujourd'hui n'a de commun avec le sens primitif qu'un même sentiment de réprobation sinon d'horreur.

Le nom de Tamerlan a survécu dans celui de « Tomburlan », qui se trouve dans Montaigne.

« Biouré coum'un templio » fait encore foi et témoigne de la réputation qu'avaient, parmi le peuple, les chevaliers du Temple.

Borbozan est le nom, célèbre autrefois, d'un chevalier de Gascogne qui s'illustra pendant la guerre de Cent ans, que Charles VII avait surnommé le chevalier sans reproche et qu'il fit enterrer à Saint-Denys comme un prince de la maison royale.

« Socripan », homme de sac et de corde, était un « condottiere » italien, le nom se trouve dans le Rolland furieux de l'Arioste.

« Oquouos par la mouort de Turenno », dit encore le deuil public à la mort de Turenne et dont aucun autre deuil jamais n'approcha.

« Cornobal de Béliso », personne mal fagotée, conserve le souvenir du célèbre carnaval, bien que le nom de Venise soit quelque peu estropié et ressemble ainsi au nom d'une des femmes savantes de Molière.

Enfin, plus près de nous, « l'onnado de lo poü » c'est

la Terreur, et « brigand dé lo Bondé », c'est le Vendéen royaliste révolté de 1793.

Le mot de « coundouminos », si nous ne l'avions expliqué ailleurs, pourrait également trouver ici sa place.

Terminons par le mot de « poscado », le mets national de notre pays, comme ailleurs les gaudes, la soupe aux choux, etc. Ce mot n'a, selon nous, rien de commun avec la fête de Pâques, quoiqu'en dise l'abbé Vayssier, il vient de « pascere, pasco », paître; « poscache », l'endroit où les troupeaux vont paître, et « poscado », mets dont on se repaît, mets fait, comme on sait, d'un mélange de farine et d'œufs.

CHAPITRE IX

Formules de serments.

Usage bien singulier pour des enfants que celui de jurer, d'attester avec serment la première bagatelle venue; les formules employées étaient peu nombreuses, toujours les mêmes; elles étaient enfantines en elles-mêmes et aussi parce qu'elles n'étaient en usage qu'entre des enfants. Quelque chose était-il raconté, affirmé par l'un d'eux, une promesse faite, pour y faire croire : « S'oquouos pas bertat », disait l'un, « bouolé estré donnat; bouolé que lou cap mé salté », disait un autre, faisant sous le cou avec la main un geste signi-ficatif.

Un pacte quelconque, un échange, était-il conclu, on s'engageait à le tenir, en disant : « Sé téné pas poraülo, faü millo peccats. » Souvent on s'arrachait un cheveu, on le montrait au petit camarade et on soufflait dessus en disant : « Cè qu'ès ditch és ditch, cè qu'és fatch és fatch, moussu lou curat és possat pel prat. » Il fallait, on le devine, retrouver le fin cheveu pour que le pacte fût rompu ; c'est à quoi de fait l'on ne songeait guère. Remarquons en passant, dans cette dernière formule, la même manie de rimes que nous avons eu occasion de faire remarquer ailleurs.

Même après tous les serments, après toutes les imprécations contre soi-même, s'il y avait dédit, parjure, la formule suivante vengeait celui qui avait été trompé : « Douno douosto, lou démoun t'empouorto. » Encore une rime.

Une idée religieuse présidait visiblement à ces sortes de petits contrats et leur donnait une apparence de sérieux, mais que peut-il y avoir de sérieux pour des enfants? Aujourd'hui nous donnons notre parole d'honneur, car nous jurons à notre manière ; qui pourrait dire que cette parole d'honneur n'est pas quelquefois engagée aussi à la légère et qu'elle vaut plus qu'une parole d'enfant?

CHAPITRE X

Chansons.

Les trente chansons ou cantiques que nous avons recueillis et que nous transcrivons ici sont la partie la moins altérée par le temps des curiosités patoises de cette étude ; la rime et la mesure, préservées elles-mêmes par l'air approprié, ont été un préservatif contre la perte et les altérations de ces sortes de jeux de l'esprit, jeux si légers de leur nature, si exposés à se corrompre en passant de bouche en bouche.

Entendus par nous dans notre première enfance et gardés fidèlement depuis dans la mémoire, nous ne saurions leur attribuer, au moins à tous, le pays de Sévérac comme pays d'origine; mais qu'ils y soient nés ou qu'ils y aient été importés d'ailleurs, la chose au fond a peu d'importance, puisque c'est la même muse Rouergate qui les a tous inspirés et qu'ils ont presque tous le même accent tour à tour mélancolique ou railleur, qui est bien la double caractéristique de la famille des Ruthènes, au moins sur les plateaux des Causses. Nous les présentons sans ordre; chacun pourra, le cas échéant, y reconnaître son bien et le réclamer; nous ne voulons être ici que l'écho de tous.

I

Harri! Harri! sus moun asé
Roncountréré trés limasés,
Qué loūrabou'n condenas,
    Qué nani, nani,
Qué loūrabou'n condénas
    Qué nani pas.

Omb' uno couosto de folguieiro
Né foguèré sieis codieiros,
Oma 'ncaro 'n codieirou,
    Que nani, nani,
Oma 'ncaro 'n codieirou,
    Qué nani noù.

Omb' un pan de téló fino
Né foguèré sieis comisos,
Oma'ncaro'n comisou,
 Qué nani, nani,
Oma 'ncaro 'n comisou,
 Qué nani nou.

Tart ou léoū, suco ploumado,
Sons blat foraï lo fournado,
Oma 'ncaro 'n toucodou,
 Qué nani, nani
Oma 'ncaro 'n toucodou
 Qué nani nou.

Mo bédèl' omb' uno bono
Tiro, tiro lo compono,
Lo compouo per un clas,
 Qué nani, nani,
Lo compono per un clas,
 Qué nani pas.

II

Moussu Conello n'o 'n toupi
Qué bouol pas reiré ni bouli
Y met uno couosto d'égo
Qué dirias bous de moussu Conello ?
 Ah ! Ah ! vraiment
Moussu Conello boun enfant.

Moussu Conello n'o un comp
Qué lou moïssouno trés couots l'on,

Y laïsso péri lo gobélo ;
Qué dirias bous de moussu Conello ?
   Ah ! Ah ! vraiment, etc.

Moussu Conello n'o 'n tchobal
Qu'és oufficié municipal,
Lous ouossés li traûcou lo sello,
Qué dirias bous de moussu Conello ?
   Ah ! Ah ! vraiment, etc.

Moussu Conello n'o un cat,
Qu'ès houorré coumo lou pécat,
Ombé lo quouéto fo minélo,
Qué dirias bous dé moussu Conello ?
   Ah ! Ah ! vraiment, etc.

Moussu Conello n'o un gal
Qu'on' lo quouo bolajo l'houstal,
Li fo lou récat, lo boissello,
Qué dirias bous de moussu Conello ?
   Ah ! Ah ! vraiment, etc.

Moussu Conello n'o un pouorc
Qué déjoul couol pouorlo lo mouort,
Déjoust lo quouo lo bufforello,
Qué dirias bous dé moussu Conello ?
   Ah ! Ah ! vraiment, etc.

III

Lou nouostr' as' ès bengut fouol, } bis.
Bouol pas mongea lo sibado ;
   Lo bouol pas mongea,

Qué noun siago curbélado,
    Le bouol pas mongea,
Lo li coldro curbéla.

Lou mouostr' as' és bengut fouol, ⎱ *bis.*
Bouol pas pourta lo forino ;   ⎰
    Lo bouol pas pourta
Bringo brango sus l'esquino,
    Lo bouol pas pourta,
Lo li coldro descorga.

Lou nouostr' as' ès bengut fouol, ⎱ *bis.*
Bouol pas gorda lou cobestré ;   ⎰
    Lou li cal quitta,
L'as' otal séro lou mestré,
    Lou li cal quitta,
Qué s'en oné délorga.

IV

        Cothorino
        S'imogino
Qu'en metten lo cabr'o l'ouort,
Et lou cat o lo cousiño
Dourmiroū quond élo douort.
        Cothorino
        S'imogino
Qu'en metten lo cabr'o l'ouort.

        Cothorino
        Taillo fino
Met lous esclouots o lo mo
Et lou copel tras l'esquino,

Et colsad' otal s'en bo.

Cothorino

Taillo fino

Met lous esclouots o lo mo.

Cothorino

Flourentino

Douno dé cibad' ois bioūs

Et dé fé o los golinos

Et beiras qu'oūren fouorç'ioūs,

Cothorino

Flourentino

Douno dé cibad' ois bioūs.

V

Mo fillo, n'oben pas dé blat. (*bis*.)

Coussi dé blat ?

Per qué dé blat ?

Lou comp grond n'és séménat,

Iou bolé Antoni ;

Mé bolé morida 'quest' an,

Iou sou lasso d'espéra tant,

Iou bolé Antoni.

Mo fillo, n'oben pas dé bi (*bis*.)

Coussi dé bi ?

Per qué dé bi ?

Lou coutal n'ès en comi ;

Iou bolé Antoni, etc.

Mo fillo, n'oben pas dé sal (*bis*.)

Coussi dé sal ?

Per qué dé sal ?
Lou fringairé n'o'n plen dédal
   Iou bolé Antoni, etc.

Mo fillo, n'oben pas dé car (*bis.*)
   Coussi dé car ?
   Per qué dé car ?
Tuoren lou bioū bouchard,
   Iou bolé Antoni, etc.

Mo fillo, n'oben pas dé pa (*bis.*)
   Coussi dé pa ?
   Per qué dé pa ?
On d'orgent né cal croumpa ;
   Iou bolé Antoni, etc.

Mo fillo, n'oben pas d'orgent (*bis.*)
   Coussi d'orgent ?
   Per qué d'orgent ?
Nous oïmon, noun possoren ;
   Iou bolé Antoni, etc.

VI

Joul pouont dé Mirobel
Cothorino lobabo ;
Chantez, rossignolet !
Joul pouont de Mirobel
Cothorino lobabo.

Benguérou o possa
Tres coboliés d'ormado ;
Chantez, rossignolet !
Benguérou o possa, etc.

Lou prémio li diet :
Sé sès pas moridado ;
Chantez, rossignolet !
Lou prémio li diet, etc.

Lou ségound li dounét
Uno poulido bago ;
Chantez, rossignolet !
Lou ségound li dounét, etc.

Mais lo bago del dét
Toumbét ol found dé l'aïo ;
Chantez, rossignolet !
Mais lo bago del dét, etc.

Lou trousièmé soltét,
Foguét lo cobussado,
Chantez, rossignolet !
Lou trousièmé soltet, etc.

Mais tournét pas mounta
Et troubét pas lo bago,
Chantez, rossignolet !
Mais tournét pas mounta, etc.

Joul pouont de Mirobel
Cothorino plourabo,
Chantez rossignolet !
Joul pouont dé Mirobel
Cothorino plourabo.

VII

Obal lou louong de l'aïo
N'yo'no prad'o doilla, } *bis.*
N'yo'no prad'o doilla,
Toullali toullalélo,
N'yo'no prad'o doilla,
Toullali toullallala.

Jo très joubés doillairés
Qué l'où prés'o doilla, } *bis.*
Qué l'où prés'o doilla,
Toullali toullalélo, etc.

Jo trés joubés fillettos
L'où prés'o rostéla, } *bis.*
L'où prés'o rostéla,
Toullalli, toullalélo, etc.

Lo pus joubé dé toutos
Bo pourta lou dina, } *bis.*
Bo pourta lou dina,
Toullalli, toullallélo, etc.

Lou pus joubé dé toutés
Né boulguét pas dina, } *bis.*
Né boulguét pas dina,
Toullalli, toullalélo, etc.

Dé qu'obés bous doillaïré
Qué boulguès pas dina ? } *bis.*
Qué boulgués pas dina ?
Toullalli, toullalélo, etc.

Bonostros omours m'empatchou } *bis*.
M'empatchou dé dina,
M'empatchou dé dina ;
Toullalli, toullalélo, etc.

Sé mos omours bous empatchou } *bis*.
Empatchou dé dina,
Empatchou dé dina,
Toullalli, toullalélo, etc.

Los bous cal o moun païré } *bis*.
Los bous cal démonda,
Los bous cal démonda.
Toullalli, toullalélo, etc.

VIII

Obal ol mietch de lo prodasso
N'yo' no fouon qué jomaï toris,
L'aïo fresquéto bous o gacho,
Bous cont'et quolques couots bous ris. } *bis*.

Quond Jeonétoun, o lopossado
Tout en benguen de rostéla
Sé courb'et biou uno gloupado,
Soun cur semblo rébiscoula. } *bis*.

On lou boulon, ombé lo daillo
Tieinou monquo pas dé béni ;
Quond o coupat lou fé lo paillo,
L'aïo li bal un couop dé bi. } *bis*.

Un jour otal, o lo sérado,
Se roncountrérou toutés dous,

Prèt dè lo fouon, en mietch loprado, } bis.
    Et sé diérou lurs omous.

Joénétoun lass'et qué susabo
Obio quittat lou mouncodou,
Bubio, dins l'aio s'ogochabo   } bis.
Quond bei lou pourtrait d'Estieinou.

Ojét poū et fousquét trouplado,
El li démondabo perdou
Del poutou fretch obal dins l'aio,   } bis.
Et l'in foguét un tout de bou.

IX

L'autre jour en me promenant   } bis.
    Le long de ce'rivage
Dans mon chemin j'ai rencontré
Une brune faite à mon gré.

Et je lui ai dit tout en riant :   } bis.
    Êtes-vous mariée?
Elle m'a répondu que non
    Ni même la pensée.

Belle si vous vouliez m'aimer   } bis.
    Nous passerions promesse,
La bague d'or que j'ai au doigt
    Sera pour ma maîtresse.

La bague d'or n'est pas pour moi, } bis.
    Je suis encore jeunette.
Allez-vous-en au régiment,
Et servez-y encore un an.

Le galant part au régiment } *bis.*
  Son père la marie,
A un vieillard va la donner,
Qui n'était pas à son agré.

Le galant vint du régiment, } *bis.*
  Va frapper à la porte,
En lui disant : Belle, ouvrez-mi,
Car je suis un de vos amis.

A des amis je n'ouvre pas, } *bis.*
  Car je suis mariée;
Toute femme qui a son mari
N'a pas besoin d'autres amis.

Le galant entendant cela } *bis.*
  Se retira bien vite,
Tirè l'épée de son côté
Et dans son cœur va l'enfoncer.

Rossignolet dedans le bois, } *bis.*
  Rossignolet sauvage,
Va-t'en me dire à mes parents
Que je suis mort au régiment.

X

Mio, saint Jean s'opprouotcho
  Mio, sé cal quitta
Dins un' aūtro biletto
    ié! ié!
Cal ona démoura.

Régrètté pas lou mèstré
Ni lo mèstro noun plus,
Mais lo paūro mietto
    ié! ié!
Quont lo beiraï pas plus.

L'oloūsetto qué conto
Gardo pla sous oūssels
Et iou, Morgoridéto,
    ié! ié!
Emblidé moun troupel.

Odiou, Morgoridéto,
Souben té de Jonet,
Qué quout séras souletto
    ié! ié!
El séro tout soulet.

XI

Li oū coupat un'alo, douos alos, trés alos
    Ol paūré merlé ;
    Ne voudra plus chanter
    Lou poūré merlé,
    Ne voudra plus chanter.

Li oū coupat lou bec, dous bets, tres bets
    Ol paūré merlé ;
    Ne voudra plus chanter
    Lou paūré merlé,
    Ne voudra plus chanter.

Li oū coupat un uel, dous uels, tres uels
    Ol paūré merlé ;

Ne voudra plus chanter
Lou paūré merlé,
Ne voudra plus chanter.

Li oū coupat lou couol, los patos, lou bec
Ol paūré merlé;
Ne voudra plus chanter
Lou paūré merlé,
Ne voudra plus chanter.

XII

Aï bist lou roussignouol
Qué contabo qué contabo,
Aï bist lou roussignouol
Qué contabo coumo'n fouol;
Aï bist lou répétit
Qué contabo qué contabo,
Aï bist lou répétit,
Qué contabo pus poulit.

Lou roual ès toumbat,
L'ouon osago, l'ouon osago,
Lou roual ès toumbat
L'ouon osago dins lou prat;
L'aūb'o péno lusis,
Bell' estélo, bell' estélo,
L'aūb'o péno lusis,
Bell' estélo s'escontis.

Lou coucut es bengut,
A saint Chély, o saint Chély,
Lou coucut es bengut,
Dins lou bouosc l'ai entendut;

Lo caillo, couscouillous,
Oclotado, oclotado,
Lo caillo, couscouillous,
Sé respoundioū toutes doux.

Béni, béni, fontou,
Met lo calso, salto bité,
Béni, béni, fontou,
L'aï' es fresco, l'ert es biou ;
Lou gal conto moti,
Pichounaillo clouco, clouco,
Lou gal conto moti,
Faï coum'el kikiriki.

XIII

Morgoutou glénabo } bis.
    L'espio dé blat,
Jeanno rostélabo } bis.
Lou fé dins lou prat.

Rousetto fiolabo } bis.
Cado jour del més ;
Caduno m'oimabo. } bis.
Iou n'oimabo très.

Del pus luen qué bésé } bis.
Los bésé pas plus,
Et désempiei crésé } bis.
Qué mars es dilus.

Boïssas bous, mountognos, } bis.
Boïssas bous, bolouns ;
M'empochas dé beiré } bis.
Mos tendros omours.

XIV

Mé boulioŭ mettré mounjo   { *bis.*
Dins lou couben d'Oŭbrac
  Loï bouolé pas ona,
Moun païré ni mo maïré,
  Loï bouolé pas ona
  Mé bouolé morida.

Lo Morioun s'en bonto   { *bis.*
Qu'un porisien lo bouol
Lo bouol et lo bouol pas ;
Dis qué n'és pas poulido ;
Lo bouol et lo bouol pas,
  Dis qué l'oimorio pas.

Touénou de lo Rouquetto   } *bis.*
M'ograd' omaï mé plaï,
  Sé m'aïmo l'oïmoraï,
En lioc d'estré mounjetto,
  Sé m'aïmo l'oimoraï
  Et piei l'espousoraï.

XV

  Faï m'un poutou,
    Poulou,   } *bis.*
  Faï m'un poutou,
  Un tout dé bou,
Ingrato postourello,
  Faï m'un poutou
Faï lou mé tout débou.

Oi sé sobios,
  Poulou,
Oi sé sobios,
 Lou mé forios;
Sé sobios coussi t'aïmé;
 Oi sé sobios
Coussi lou mé forios.

  } bis.

Sous estr'oimat
  Oima
Sous estr'oimat,
 L'ouon bendrio fat
D'oima sous qué tus m'aïmés,
 Sous estr'oimat
N'y oūrio per béni fat.

  } bis.

Per estr' hérous,
  Poulou,
Per estr' hérous,
 Cal estré dous,
Creis ou quont ou té disé
 Per estr' hérous,
Poulou, cal estré dous.

  } bis.

XVI

Rossignolet sauvage,
Rossignolet charmant,
Donne-moi des nouvelles
De mon fidèle amant.

De ton amant, la belle,
La mer a traversé;
Je suis son capitaine
Je puis bien le savoir.

Il reviendra, la belle,
Viendra pour t'épouser,
Si tu lui es fidèle,
Fidèle pour jamais.

Dites-lui que Lisette
Pleurera nuit et jour
Et pleurera seulette
Jusques à son retour.

XVII

Le premier mois de l'année   } bis.
  J'envoie à ma mie
    Une perdigole
Qui va, qui vient, qui vole,
    Une perdigole,
  Qui vole dans les bois.   } bis.

Le second mois de l'année,   } bis.
  J'envoie à ma mie
    Une tourterelle
    Gentille, belle,
    Une perdigole
Qui va, qui vient, qui vole,   } bis.
  Qui vole dans les bois.

Le troisième mois de l'année,   } bis.
  J'envoie à ma mie
Cinq lapins grattant la terre,
    Une perdigole,
Qui va, qui vient, qui vole,
    Une perdigole
  Qui vole dans les bois.   } bis.

XVIII

Rébénès, junos fillos,
Rébénès ol costel
Quittorès bouostros couoïfos
Rémétrès lou copel.

} *bis.*

Ol soun dé lo cobretto,
Ol soun del flogeoulet
Donsorés sus l'herbetto,
Né dirés un couplet.

} *bis.*

Et sé Jouon o Jonnetto
Lo toucabo del det,
Cal qu'ombé lo monetto
Li baïl' un boun soufflet.

} *bis.*

XIX

Moussu, brondissés mé,
Qué m'obès méso touto paillo,
Moussu, brondissès mé
Qué m'obès méso touto fé.
Et pan! pan!
Faï téné lo couiffetto,
Té brondiraï
Del millou qué pourraï.

Mais c'est en badinant
Que j'ai perdu ma jarretière,
Mais c'est en badinant
Que j'ai perdu mon cher amant.
Et ran plan plan,

Il est parti en guerre,
Il reviendra,
Et il m'épousera.

XX

L'omour d'un souldat   } bis.
Duro pas qu'un' houro ;
Quond lou tombour bat,
Odiou, mo pitchouno,
Quond lou tombour bat,
Odiou, moun souldat.

Sé lou cur bous bat,   } bis.
Tournas, tournas bité,
Oprès lou coumbat,
O régrèt bous quitté,
Sé lou cur bous bat,
Tournas, moun souldat.

XXI

Qui veut entendre une chanson   } bis.
Une chanson bien composée?
    Il nous faut partir,
    Camarades conscrits,
    A la loi faut obéir,
Quand nous saurions d'y perdre la vie.

Partons, partons, chers compagnons,   } bis.
Partons, la fleur de la jeunesse :
    Adieu donc, papa,
    Et ma chère mama,

Et ma sœur, je m'en vas,
Peut-être que je ne reviendrai pas.

Ce que je regrette en partant
C'est le tendre cœur de ma maîtresse,　} *bis.*
  Après s'être tant aimés,
    Et tant considérés,
  De toutes nos amitiés,
C'est à présent qu'il se faudra quitter.

Quand nous serons en pleine mer,
En pleine mer en Angleterre,　} *bis.*
    Voici les Anglais
  Qui marchent à grand train,
  Et moi mon sabre en main,
Voilà le sort d'un bon républicain.

XXII

  Marche! en avant!
Le drapeau flotte, flotte,
   Tambour battant,
  Passe le régiment;
  La trompette a sonné,
Le cheval trotte, trotte, trotte,
  Le grenadier content　} *bis.*
Sera demain au premier rang.

   Quand l'ennemi
Verra nos fiers panaches
   Et les conscrits
  S'élancer à grands cris
  L'ennemi tremblera

Les Français ne sont pas des lâches
    Le grenadier content   } *bis.*
    Sera demain au premier rang.

XXIII

Tout ce qui brille n'est pas d'argent (*bis.*)
C'est la mitraille qui fait dran... dran... (*bis.*)

Le ruban rouge, le ruban blanc (*bis.*)
C'est la mitraille qui fait dran... dran... (*bis.*)

La vie est courte, le monde est grand ; (*bis.*)
C'est la mitraille qui fait dran... dran... (*bis.*)

Quand on est jeune, jeune on vous prend ; (*bis.*)
C'est la mitraille qui fait dran... dran... (*bis.*)

En avant ! marche ! tambour battant (*bis.*)
C'est la mitraille qui fait dran... dran... (*bis.*)

XXIV

Quand j'étais petite,   } *bis.*
Que j'avais quinze ans,
   Jésus me parlait
Et me disait souvent :
Oh ! venez, ma colombe,   } *bis.*
Oh ! venez au couvent.

   J'étais attendrie,   } *bis.*
   J'avais du bonheur ;
   Et lui répondais :
Je vous donne mon cœur.

Oh! venez à mon aide,   } *bis.*
Oh! venez mon Sauveur.

Le monde m'oublie,   } *bis.*
Jésus seul me plait,
Je possède en lui
Le bien le plus parfait,
Et je l'écoute encore,   } *bis.*
Comme s'il me parlait.

Ces vingt-quatre chansons transcrites n'étaient pas les seules chantées dans le pays de Sévérac; d'autres souvenirs nous sont restés, mais plus ou moins confus et altérés, c'est ce qui nous a empêché de les mettre à la suite : les Complaintes du Paradis terrestre, de l'Enfant prodigue, de saint Placide, le retour du soldat qui trouve morte sa mionne, etc., ne sont que des fragments.

Le caractère de ces chansons n'échappera à personne; presque toutes affectent une mélancolie profonde, l'état d'âme ordinaire dans les solitudes des Causses; on la retrouve même dans les couplets railleurs de quelques-unes; deux ou trois ont la fraîcheur d'une matinée de printemps; plusieurs, vers la fin, reflètent les goûts faciles, légers du xvııı^e siècle; les dernières respirent l'ardeur guerrière, mais toujours galante des soldats de la République et de l'Empire.

Nous aurions voulu avec les chansons reproduire quelques airs de danses, mais nous y serions tout à fait inhabiles. Il appartient d'ailleurs à nos voisins d'Auvergne, nos maîtres en cet art, à eux seuls il appartient de nous en donner les leçons. Puissent-ils ne pas nous imiter, ne pas oublier la bourrée nationale, notre valse à nous, plus ancienne que l'autre, non pas moins entraînante et plus dramatisée par le geste.

Elle était non pas seulement une récréation, un passe-temps, mais une passion véritable chez les Caussenards au temps de ma jeunesse. Quel train le dimanche dans les auberges! Encore n'avait-on pas la chevrette ou musette de Saint-Flour et d'Aurillac, pour marquer la mesure et endiabler le danseur; la voix d'un pauvre ménétrier, valet de ferme ou berger, était tout l'orchestre.

Dans les familles on dansait aussi, au moins en carnaval; la bourrée, l'auvergnate, que je ne saurais plus bien distinguer l'une de l'autre, faisaient fureur partout; les enfants préféraient les rondes : « sur le pont d'Avignon », « les lauriers sont coupés », « j'ai trois vaisseaux de sur la mer qui brille », « j'ai un beau château », « compagnons de la marjolaine », « arroï-arroa », etc.

Aujourd'hui on ne danse plus, on ne chante plus; le chant, la danse, jeux d'enfants! Au lieu de cela, on combine quelque marché louche, quelque truquage, et l'on s'alcoolise; selon la nouvelle formule, c'est la lutte pour la vie.

CHAPITRE XI

Cantiques. Vieux Noëls.

Peiroutou, léboté d'oquis,
Dubrios estré las dé dourmi;
Onen beir'un dious odouraplé
Qué disou qu'ès noscut onuetch
O Bethléem, dins un estaplé,
Sus quatré paillos, sus un cluetch.

Qué disés? T'aï pas entendut;
Té disé qu'un dious és noscut.
Cal t'o ditch oquello noubello?
Sé sobio qué fouesso bertat,
Iou morchorio sus mar, sus terro
Jusquos qué l'oūrio roncountrat.

Si bé, té disé, és bertat,
Per qué un ang'ou m'osségurat;
Acho s'oquell'és pas dé creiré,
Per qué un angeo ou m'o ditch;
Faï bitomen, qu'ou onoren beiré,
T'espéroraï qué siagos bestit.

Qué forén, paūré postourel?
Iou né troubé pas moun copel,
Ni lous esclouots, ni lo copéto,
Ioùrio bé per bira dé sen;
Ogach' oquis tras lo coïssetto,
Faï bitomen qué n'onoren.

Oné, oné, faï bitomen,
Qué coussi oquouon l'oï, nous coundurren.
Né bés' uno poulid' estélo
Qué lusis coumo lou soulel,
Mais ount sé poūsoro oquello.
Pourren diré qué loï séren.

II

Quiquouon de noū és orribat
Sons pouiré plus dourmi, mé sou rébeillat;
Dèmouro tus oïsis soulet

Qu'iou ségu' oquesté esclairé,
Et tournoraï dins un moument,
L'oï seraï pas per gaïré.

Cal nous pouot souna tont moti
Sen bé prou fotigats, qué nous laïssou dourmi;
Oquouos bé tout s'és miéjonuetch,
Démouren dounc en paūso,
Per dé que quitta nouostré lietch,
Sons uno justo caūso?

Perqué n'espas qué miéjonuetch,
Crei mé tus, paūré Jouon, resten dins lo tuetch;
Sé quaūqu'un nous touorno troupla,
Digos lous dé sé jaīré,
Sé lous ottissé mous très chis,
N'y gognoroū pas gaīré.

Pour vos troupeaux ne craignez rien,
Allez vite du côté de Bethléem :
Vous verrez un petit enfant
Logé dans une étable;
Pour vous délivrer de Satan,
Il est né misérable.

Prenguen cadun nouostré montélou,
Per pouiré escoūffa oquel éfontou;
To léū qué séren orribats
Lou coldro b'ona beiré,
Cadun ombé nouostr' onillou
Béléū lou foren reiré.

III

Postours, cugno réjouissenço
Fourmou lous hobitants del cel !
Elles bénou en déligenço
Tout conten un aïré noubel.
Jomaï n'oben bisto caūso poreillo,
Disouqué lou messio és noscut,
O Bethléem oquello grondo merbeillo
Ben dé s'oupéra per nouostré solut.

Loïssen oïsis nouostros goūlettos,
Nouostrés troupels, nouostrés codels
Et noun prenguen qué los musettos
Per occoumpagna oquel ongel.
Per ogroda on oquel dious moïnatché
Inbiten lou romatché deïs oūssels,
Et lous échos d'oquesté bésinatché
Fascou réteuti l'aïré dé Noël.

O qu'él és bel, qu'el és oimaple !
Né lusis coumo lou soulel,
O qué soun aïré és bénéraplé !
Qué sou poulits sous pichouots uels !
Sé d'un coustat lo crento nous empacho
Dé porétr' ombé tont d'indinnitat,
D'aūtré coustat soun omour nous engatcho
O li counsocra nouostro boulountat.

Dins uno grépio délobrado,
Coutchat sus un paū d'opoillun,
Oquis, sons pouorto ni tioulado,
N'es espoūsat oquel bel lun.

Princé dé pas, sounàs li lo bitouéro,
Oniel de Dious qu'éffocias lou péccat
Berbé éternel, rei dé gracio, dé glouéro,
Esplondour del cel, dé l'éternitat.

IV

Noël dit « dé Cotin del Lac de Loclau ».

Lo biergeo oquesto nuetch   } bis
   Sés ocouchado
Déssus un paū de cluetch,
   Fouort mal loutchado,
Déssus un paū dé cluetch
   Sons aūtré lietch.

Sé noummoro Jésus,   } bis
Soūbur del moundé ;
Noun n'y oūro pas dégus
   Qué lou ségoundé,
Noun n'y oūro pas dégus
   Coumo Jésus.

Lous pastrés d'obont jour   } bis
   On lur musetto,
Et lur pitchouot tombour
   Et lur troumpetto,
Et lur pitchouot tombour,
   Li foū lo cour.

Jouguen del flogeoulct   } bis
   O lo noïssenço
D'oquel bel éfontet

En so présenço
D'oquel bel éfontet
Qu'es poulidét.

V

Lou paūré pastré soumillabo   } *bis*
Dins so cobono tout soulet,
Del temps qué soumillabo
   N'entendét un cournét,
   L'angeo qué l'oppélabo
   Lébo postourélét.

Iou sioui un angeo que t'oppellé,   } *bis*
Lébo d'oquis qu'as prou jogut,
   Quitt'oquello cobono,
   Qué Jésus és noscut
   Lo noubélo n'és bono
   Oqu'os per toun solut.

Aï poū qué sès un angeo estrangeo,   } *bis*
Per iou jomaï noun ou creirio,
   Qué dédins uno grangeo,
   Sio naïs lou fils de Dious
   Tout soul omm'uno biergeo
   Per coūffa sous pénous.

Sé tu né bouos préné lo péno   } *bis*
Tus né beiras lo rorétat,
   Beiras un grond Diou Jésus,
   Tout nud tout descotat,
   Noscut dins un éstaplé
   Per effocia toun péccat.

Qué foraï iou lou paūré pastré
D'obondouna tout moun troupel ? } bis
   Lou loup n'és débouraplé
   Mongeoro quaūqu'oniel,
   Iou sou lou respounsaplé
   Dè tout oquel troupel.

Oquesto nuetch és counsocrado,
Oquel qu'és noscut ou gardo tout, } bis .
   N'és miéjonuetch sounado,
   N'ajos pas poū dès louts,
   Nés caūs' osségurado,
   Onen lei toutés doux.

Enségnas mé coussi cal diré,
Tout en dintren quond loï séren } bis
   Mais, s'ou mé boulés diré,
   Sioui un paūr' innoucent,
   Mais s'ou mé boulés diré
   Ou diraï brabomen.

Quond dintroras dédins l'estaplé,
Té cal méttré d'oginoulous, } bis
   Diré : Dious odouraplé,
   Iou aï tout respect per bous,
   Bous sés lou béritaplé,
   N'y o d'aūtré dious qué bous.

VI

Allons, Joseph, de compagnie,
Allons donc, mon aimable époux,
A Bethléem m'y accoucher

Du fils à qui je dois la vie;
A Bethléem m'y accoucher,
Un logement il nous faut chercher.

Ouvrez, voisin, ouvrez la porte,
Et voisin ayez la bonté
De nous loger par charité,
Au nom de Dieu je vous exhorte;
De nous loger par charité,
Au nom de Dieu ayez la bonté.

Nous n'entendons pas ce langage
De vagabonds qui font les gueux;
Retirez-vous, car je le veux;
Si mon chien entre dans la rage,
Retirez-vous, car je le veux,
Ou je vous fais mordre tous les deux.

Que ferons-nous, chère Marie,
De ce triste événement?
Pour sauver la mère et l'enfant
Je cours toujours, je perds haleine;
Pour sauver la mère et l'enfant,
Je perds haleine à tout moment.

Voici mon cher une cabane
Qui suffira à tous nos besoins;
Moi couchée sur un peu de foin
Entre un bœuf et un pauvre âne;
Moi couchée sur un peu de foin,
Deux animaux en auront soin.

J'entends déjà le coq qui chante,
Voici l'heure de la minuit;

Je vois, je vois ce Dieu naissant,
Et le Sauveur qui nous enchante,
Je vois, je vois ce Dieu naissant
Et le Sauveur Dieu tout-puissant.

O mon Jésus, je vous adore,
Comme l'objet de mes amours,
Je veux vous adorer à mon tour,
Comme les pasteurs vous adorent ;
Je veux vous adorer à mon tour
Et les rois vous feront la cour.

VII

Sul jutchoment.

Pensen souben
Pensen sons césso
Pensen souben
Ol jutchoment.
Empliden pas qué lou temps presso
Qué dins un parrès loï séren.
Pensen souben
Pensen sons césso
Pensen souben
Ol jutchoment.

S'as lou péccat
On oquell' houro
S'as lou péccat
Séras donnat,
Ol soulidé, sons dire qu'houro ;
Défaï t'en qué l'as prou gordat.

S'as lou péccat
On oquell' houro
S'as lou péccat
Séras donnat.

Fillos, éfonts,
Païrés et maïrés
Fillos, éfonts,
Pitchous et gronds,
Qué débendres souorrés et fraïrés
Sé prébénès pas bouostré souort?
Fillos, éfonts,
Païrés et maïrés,
Fillos, éfonts,
Pitchous et gronds.

Gens moridats
Qué sés sons crento,
Gens moridats,
Obondounats,
Lou démoun qué toutchour bous tento
O per escritch bouostrés péccats;
Gens moridats
Qué ses sons crento
Gens moridats
Obondounats.

Mouorts qué dourmez
Dé pel lo terro,
Mouorts qué dourmez
Qué pourrissez.
Qu'obés o Dious tont fatch lo guerro,
Bénèz porétré tals qué sés.

Mouorts qué dourmez
De pel lo terro,
Mouortz qué dourmez
Qué pourrissez.

Souort, péccodou,
Béni porétré,
Souort, péccodou,
Ou t'aï bé ditch prou
Qu'un jour soūrios pas ount té méttré
Qu'as oūffensat un Dious to bou.
Souort, peccodou,
Béni porétré,
Souort, peccodou,
Ou t'aï bé ditch prou.

Angeos, possas
Fosés triaillos
Angeos, possas
Et séporas.
Lou boun froument d'ombé lo paillo
Qu'ount jomaï se mescloro pas.
Angeos, possas
Fosés triaillos
Angeos, possas
Et séporas.

Mettez l'impur,
Dé bos lo gaücho,
Mettez l'impur;
Plosé troumpur!
Lo pogoras per tos débaüchos,
Lo pogoras oquouos ségur.

Mettez l'impur;
Dé bos lo gaücho,
Mettez l'impur;
Plosé troumpur!

Baï t'en, moüdit,
Dins lous obimés,
Baï t-en moüdit
De Jésus-Christ.
Dins oquel fioc ploura tous crimes
Dins oquel fioc séras roustit.
Baï t-en, moüdit
Dins lous obimés
Baï t-en, moüdit
Dé Jésus-Christ.

Dias nous oümens
Jutché torriple
Dias nous oümens
Sé sourtiren
N'espérés pas qu'iou t'en sourtio,
N'espérés pas quond loï séras.
Dias nous oümens
Jutché torriplé
Dias nous oümens
Sé sourtiren.

Le lecteur aura senti à la seule lecture ce qu'il y a
de foi naïve et de piété dans ces vieux noëls; l'air
approprié à chacun ne fait qu'ajouter encore à cette
impression.

Air et paroles reflètent des temps bien différents des
nôtres, des temps à jamais disparus, auxquels il doit

être permis de donner un regret attendri. Ces cantiques,
avec d'autres en français, que j'ai entendus chanter
quand j'étais enfant, ont consolé plus d'une souffrance,
fait couler quelquefois des larmes silencieuses; ils
entretenaient dans les cœurs la douce espérance.

J'ai lu d'autres noëls, populaires ailleurs, dans le
Limousin, la Bourgogne, la Lorraine, etc.; ils n'avaient
ni la même fraîcheur du sentiment, ni la même grâce
simple, ni la même piété tendre; ils étaient pour la
plupart triviaux dans les détails, quelquefois grossiers;
rien n'y parlait au cœur comme dans les nôtres; la
muse chrétienne de notre pays est plus noble, j'allais
dire plus sainte.

Du septième cantique, le dernier, « sul jutchoment »,
nous nous contenterons de dire qu'il est plein d'une
religieuse terreur, composé peut-être par un janséniste
ignoré.

CHAPITRE XII

Origine ancienne mais date incertaine des divers documents littéraires patois recueillis et reproduits dans cette étude.

Ces contes, ces jeux et devinettes, ces chants et tous
ces souvenirs conservés dans des expressions populaires se transmettaient sans peine autrefois, quand les
populations stationnaires vivaient presque sans se mé-
langer et sans s'écarter du clocher; mais depuis que
par les chemins de fer, la vapeur et l'électricité, les
distances ont été rapprochées et les communications
rendues faciles, les groupes se sont dispersés peu à

peu; l'espoir du lucre, l'apparence trompeuse d'un luxe vain ont vidé les maisons; les fils n'ont plus voulu habiter sous le toit de leurs pères; les populations devenues nomades, courant après des mirages décevants, ont renoncé aux douceurs tranquilles et réelles du foyer; les traditions se sont altérées, perdues, la foi éteinte; cette fleur de poésie, dont nous avons essayé de tracer une légère peinture, s'est flétrie; la génération nouvelle ignore les choses du passé, elle désapprend même chaque jour la vieille langue, elle, la sûre et discrète gardienne de tout ce qui avait fait battre le cœur de nos anciens. Une transformation s'opère, manifeste aux yeux de l'observateur; dans quel sens s'opérera-t-elle? nous ne sommes pas sans espérances, encore moins sommes-nous sans craintes.

Le moment était donc venu de recueillir, comme nous avons fait, les restes d'un passé près de s'évanouir.

A quelle époque, à quelle origine rapporter les divers documents littéraires collationnés?

Mettons à part les mots, les souvenirs historiques; ils sont apparemment de l'époque même des hommes et des faits qu'ils rappellent, cela n'est guère contestable.

Quant aux croyances, contes, jeux, devinettes, leur origine n'est pas également ancienne; certaines des formules que nous avons transcrites, mélangées de mots latins, autorisent à penser qu'elles remontent haut, jusque dans le moyen âge, comme les noms de « Tomburlan, ouogré, bougré, etc.; mais de date certaine, même simplement approximative, nous n'en avons pas.

Des chansons et cantiques il faut faire deux parts :

ceux qui n'accusent aucune époque, ne rappellent aucun événement public, aucun goût à la mode, qui sont composés en une langue moins mélangée, moins contaminée d'expressions étrangères ; ceux-là sont anciens à notre avis ; tels sont certains noëls, telles aussi certaines chansons se rapportant uniquement à la vie des champs, et dont les airs naïfs, et d'une mélodie toute rustique bien caractérisée, s'éloignent fort de la manière savante des derniers temps.

Ceux au contraire qui par le sujet, par le ton, sont de date récente ; ceux qui sont écrits en un mauvais français ou en un patois impur, qui, par le sujet et l'air sur lequel on les chante, portent la marque d'une époque connue, de laquelle plus ou moins ils reflétent le goût, les passions, les événements, ceux-là peuvent sans témérité être rapportés à cette époque.

Telles sont certaines chansons mélancoliques dont les airs et les paroles à la Jean-Jacques semblent bien être du xviii⁰ siècle ; telles encore les chansons qui, par cette double manière, se rapportent visiblement à la première république ou à l'empire.

Qui est l'auteur de ces chants, de ces récits ? Question obscure entre toutes.

Les chants sont apparemment des œuvres individuelles, mais qu'on ne peut attribuer à personne ; les bardes populaires sont inconnus, même ceux qui ont composé et chanté dans les dernières années de l'autre siècle ou dans les premières années de celui qui finit.

Les récits tels qu'ils nous sont arrivés, de quelque nature qu'ils soient, sont plutôt selon nous de petites œuvres plus ou moins collectives, ainsi qu'il a été déjà dit ailleurs ; la forme n'en a jamais été bien arrêtée, comme il arrive à toute prose qui n'est que parlée ; plus d'un s'est exercé, ajoutant, retranchant au gré de son imagination capricieuse; on ne résiste pas facilement au plaisir de bien placer un mot, de donner du piquant à un récit, qui ne vaut que par là; un trait oublié sera remplacé par un autre. A ce compte les gens du Causse n'ont pas dû être souvent pris au dépourvu, et les diverses proses consignées dans cette étude, ne nous paraissent être que des œuvres dues à une collaboration lente et intermittente, mais dont le caractère essentiel, l'objet et le ton n'ont point changé.

CHAPITRE XIII

Noms propres de personnes, noms de bœufs.

Les mots disent les choses, les mots sont les miroirs des choses, un vieux professeur disait souvent cela à ses élèves, nous ajoutons qu'un mot étant bien analysé, le sens en étant bien connu, bien interprété, ce mot éclaire parfois des choses obscures et projette, quand il est ancien, un peu de lumière sur le passé. Tels sont les noms propres. En général, ils sont pour la plupart caractéristiques de l'objet qu'ils désignent, et par eux, s'ils sont anciens, nous est révélé le caractère de l'objet, même après que ce caractère a changé.

Nous les avons distribués en noms propres de personnes, d'animaux, de lieux.

Les premiers ont été classés en diverses catégories, d'après un caractère commun à chacune. Il va sans dire que les listes sont fort incomplètes, qu'il peut y être, pour ainsi dire, indéfiniment ajouté, un nom de

plus ou un nom de moins importe peu, c'est le caractère seul de chaque catégorie et la comparaison des
catégories entre elles qui nous intéresseront.

« Boïssèto, Boïsieiro, Bouïssou, Costonier, Fageos,
Fraïssé, Ginisty, Gorrigos, Jounquet, Lojounquieiro,
Nouier, Roubé, Rouby, Roumiguiér, Roscoulou, Rou-
sié, Salsé », sont des noms de plantes appliqués et
transmis à nombre de personnes parmi nous.

« Bedel, Biau, Lou Gal, Loup, olaüs, oüssel, Sin-
gla, Roïnal, roussignouol », sont des noms d'animaux.

« Bourrel, boupélier, boquier, ébesqué, estonquio,
fabré, fournier, Loüret, moulinier, serpontier, sobothio,
Teyssier, etc. », sont des noms de professions, employés
encore aujourd'hui au lieu du nom, qu'ils finissent à la
longue par remplacer.

Les suivants sont tirés des lieux : « Delmas, Dé-
louort, Delpuech, Deltour, Bosc, Bounofouon, Foun-
bouno, Couderc, Lescuro, Lobaümo, Locazo, Locoumbo, Lofoun, Moysounabo, Mozet, Rouquéto, Ségola,
Mouli, etc. »

Faisons une remarque sur les premiers noms de la
dernière catégorie, c'est qu'ils sont formés par le même
procédé que les noms de noblesse ; on est « del mas »,
on est « del puech » en deux mots, comme d'autres
seront de Ségur, de Bournazel ; mais ni comtes, ni
barons, ni seigneurs d'aucun lieu ; à cela près on est
noble.

Les qualités ou particularités physiques, surtout les
défauts, les ridicules ont servi très souvent à nommer
les individus par un sobriquet, qui plus tard quelquefois est devenu leur véritable nom ; en voici une courte
liste que chacun pourra facilement allonger s'il lui plaît :

« Lou négré, lou blound, lo Tétaïro, lou tétoulas,

6

coboussut, bieillo dent, lou bouorllé, lou cobrit, poulits escuts, los douchénos, pet en l'airt, coussi opélan, corbasso, perpigno, lou résé, lou pégolet, lo boussudo, lo burello, etc. »

Chacun de ces noms représentait, il y a plus de cinquante ans, une personnalité distincte.

Deux choses sont à remarquer, c'est que beaucoup d'entre eux sont des noms composés, en quoi le patois excelle, et que la malignité humaine s'est uniquement exercée à ces sobriquets, voyant bien les défauts, ne voyant pas les bonnes qualités.

Ces deux observations faites, ajoutons que ces sobriquets étaient tous d'une exactitude pittoresque et tels que le rire vous vient encore sur les lèvres en évoquant ces lointains souvenirs; s'il avait été donné que les personnages peints ainsi par un mot se fussent trouvés un jour ensemble réunis, ce jour-là le spectateur ne se serait pas ennuyé à la comédie.

Les derniers noms que nous voulons citer semblent porter en eux la marque encore visible d'une origine étrangère et par là nous montrer de quels éléments divers, aujourd'hui fondus ensemble, la nationalité française est composée. Nous les proposons sous toutes réserves :

« Puel, Bidal, Marc, Berjély » sont latins;

« Dionous » est grec;

« Monobal », carthaginois;

« Soulossouol, Guillen, Reynès », peut-être sont espagnols;

« Sorran, Bolitran, Lutron, Bouscory, Ségoundy, dé Mountéty, dé Gally, dé Sambucy, Boroscud », sont italiens, introduits vraisemblablement avec les reines Catherine et Marie de Médicis;

« Guizard » rappelle la ligue comme la rue Guizarde à Paris;

« Forrogut, Héral, Thibaū, Goltier » sont anglais;

« Ritchard, Trintchard, Coulrat, Olric, Maury » sont saxons.

Nous pensons que cette revue, qui peut être continuée par d'autres avec fruit, comporte quelque enseignement. Ces simples noms ne sont-ils pas un témoignage? Ne nous disent-ils pas la simplicité de nos pères? Ne nous révèlent-ils pas l'état printanier d'une âme que la vanité n'a point touchée? peut-être aussi l'abjection dans laquelle leur position sociale les avait fait naître et les maintenait.

La nature avait fait son œuvre dans la chaumière comme dans le château; ici et là un fils naissait, deux frères; mais tandis que, dans le château, l'enfant était entouré de tout ce qui mensongèrement relevait sa naissance et qu'il portait en naissant un nom glorieux, dans la chaumière, au contraire, l'enfant demeurait nu comme il était né, et prenait le premier nom venu, sans recherche, le premier nom tombé, pour ainsi dire, au hasard sous la main.

Cette simplicité antique n'est plus : on altère parfois aujourd'hui le nom de son père, parce qu'il rappelle une profession dont on rougit, on ajoute, on retranche une lettre et la physionomie en est changée; on usurpe quelquefois la particule; il faut que nous ne soyons plus nous-mêmes, mais des êtres imaginaires, grandis aux yeux des autres de toute notre vanité et de leur ignorance.

Enfin, ce nom roturier, et qui n'est pas toujours sorti de sa roture, nous le voulons écrit, hissé en haut sur le chemin et à la vue des passants, à tous les coins de rue, rappelant quoi ? trop souvent la médiocrité fastueuse et l'impuissance. Le temps, sans parler même du juste retour des choses, le temps que l'on veut braver, que l'on défie, fera quand même son œuvre et confondra dans un même coup de vent, dans une même poussière, bien des noms qui s'étaient crus immortels.

Nous voulons ici associer le bœuf à l'homme et dire les divers noms qu'on lui donne à plaisir, comme à un compagnon ; le laboureur et lui se connaissent, ils s'aiment, ils ont presque des habitudes communes, passant ensemble leur vie sur le sillon ; l'homme lui parle avec douceur, il l'excite sans colère.

« Coillouol » est le bœuf bigarré, gris comme la caille ;

« Foūbel » est bigarré moins clair comme la fauvette ;

« Gossou et Piat » sont marqués noir et blanc comme l'agasse, la pie ;

« Moruel » est noir comme le more ;

« Doūrat » a le poil roux, doré ;

« Fiérou » a le tempérament ardent.

CHAPITRE XIV

Noms de lieux.

Comme les noms d'homme, comme les noms de bœufs, les noms de lieux ont un sens, non pas toujours compris, ni facile à comprendre, quelquefois fort instructif ; les uns peignent les lieux par leurs caractères essentiels, les autres rappellent des souvenirs :

« Locoumbo » est un coteau fertile ;

« Los Fouonts », un bourg qui a d'abondantes eaux ;

« Mountolios », un hameau sur la hauteur ;

« Loponouso » un village dont le terroir produit le pain, le blé ;

« Lo Roubaïro », est plantée de chênes ;

« Lo Rouoquo » et « lo Rouquetto » sont de vieux manoirs fortifiés ;

« Aūboroquos » a des rochers blancs ;

« Bostido, lou Moulinou, lo Colsado, Contoloubo, Lou Bousquet » s'expliquent d'eux-mêmes ;

« Ol Contobel », le vent chante, car le hameau n'est abrité contre aucun ;

« Sermels » et « sermeillets » sont ainsi appelés du mot « serré », montagne, suivi du comparatif melius ;

« Oltès » est sur la hauteur ;

« Los coundouminos », mot expliqué ailleurs, est une propriété communale ;

« Courmono », est la ferme des moines, ce qu'atteste d'ailleurs une ruine encore debout, et non pas « cor manè », mon cœur est là dès le matin, interprétation que j'ai entendu faire et qui me semble bien fantaisiste,

« Merdons » est un ruisseau aux eaux sales ;

« Lo comusèlo », une montagne lourde, massive, sans aucune aspérité ;

« Roumognac » pourrait rappeler les Romains ; nous croyons que ce sont les ronces, « lous roumets », auxquels il doit son nom ;

« Bialo plono », ville plaine, « villa plana » ;

« Los biolettos », les petites fermes ;

« Rocoulos » est un pays de pierres ;

« Nouostro Damo dé Biroclaūso » est un pèlerinage sous le vocable de la vierge « viro clausa » ;

« Milhaū » doit son nom à sa situation au milieu des

hauteurs; la prononciation l'indique, et la vieille, la vraie orthographe qui écrit le mot avec *lh* et non pas avec deux *l* est d'accord ici avec le sens et avec la prononciation populaire; ce n'est donc pas « Millau » au milieu des eaux comme Entraygues, encore moins un « forum æmilianum » quelconque, duquel d'ailleurs on ne saurait tirer « Milhau » qu'en faisant subir au mot une insupportable torture.

« Cournuéjouls, Cruéjouls, Monstuéjouls, Moruéjouls », dans la Lozère, sont des dénominations latines composées toutes du mot « Jovialis » ou de « Jupiter », que précèdent les mots « cornu, cruor, mustum » et « mars ».

« Bournouols », la partie haute du vieux Sévérac, me semble « burgus novellus », le bourg nouveau, ou la forteresse nouvelle, le nouveau château fort;

Tandis que, au pied de la montagne, sur laquelle se trouve bâti le château, « lo bouorio dé li bourg » a conservé le souvenir d'une forteresse d'avant-poste, bâtie à cet endroit selon que la tradition s'en est conservée, et que je l'ai entendu mentionner dans ma jeunesse.

« Busens » et « Buzorengos » peuvent venir de « Buso, Busorac », noms par lesquels on désigne la buse et le milan. Mais ces noms eux-mêmes semblent venir de βύζω, crier comme un enfant, hurler comme un chathuant. Et de fait, il se trouve qu'il y avait autrefois à Buzens une dévotion où l'on portait les enfants « rhénousès » qui avaient « lo rhéno », qui pleuraient, criaient toujours, qui étaient d'humeur hargneuse; or, l'adjectif « rhénous » est-il autre que l'adjectif grec αῤῥηνης, qui a la même signification?

Chose non moins étrange, dans le même pays, au bas presque de la montagne où se trouve Buzens et près de

Buzaringues, il y a un moulin appelé « la Tribale », autre mot grec, venant de τρίβω, broyer, moudre. N'y a-t-il pas là un singulier concours de circonstances pour autoriser les rapprochements que nous avons faits ?

« Couosto roumibo » est un nom donné communément dans le pays à des chemins montants et qui ne traversent généralement pas des contrées fleuries; non moins communément on explique le mot de « roumibo » dans le sens de chemin qui mène à Rome. Sans prétendre que tel ou tel de ces chemins ne mène pas à Rome, puisque tous y mènent, nous croyons que « roumet », ronce, explique mieux le mot, et que « couosto roumibo » signifie simplement chemin montant tracé dans un pays stérile et qui ne produit que des ronces.

Nous pourrions ajouter que l'expression telle quelle n'exprime pas l'idée de chemin, mais seulement de coteau, de montagne.

« Drulho » rappelle les druides ou les chênes, ce qui est tout un, puisque les druides savaient et parlaient le grec et qu'ils étaient les hommes des chênes, dont ils avaient le culte et portaient le nom δρύς, etc.

Nous n'avons pas la prétention d'expliquer avec certitude et sans appel ces divers noms de lieux et de personnes, nous ne faisons que proposer une explication; il appartient au lecteur de juger si elle est ou n'est pas suffisante, et d'en proposer une à son tour qui soit plus exacte et plus vraie; c'est à quoi nous l'invitons, à quoi nous applaudissons d'avance.

Avant de terminer ce chapitre, exprimons ici le vœu facilement réalisable que d'autres parmi nous fassent pour leur canton ce que j'ai fait pour le mien, afin d'avoir une œuvre générale, un tableau complet des origines que les noms propres semblent révéler.

CHAPITRE XV

Du patois en général, ses origines, son génie.

Nous avons jusqu'ici essayé de grouper et d'expliquer les manifestations éparses du génie de notre race et de notre langue, il nous reste à étudier cette dernière dans ce qu'elle présente de plus général tant dans ses origines et son génie, que dans ses ressources et aussi son insuffisance. Nous ne saurions entrer dans le détail d'une grammaire et d'un vocabulaire ; l'autorité, le temps, la science, tout nous manqueraient pour cela, et nous perdrions ainsi de vue le but que nous nous sommes proposé.

Les langues mortes, même les langues vivantes qui admettent quelque autorité qui les règle, laissent parfois l'écrivain dans la gêne ; les formes en sont arrêtées, nettes, concises, la pensée l'est moins, elle est ondoyante en passant par les esprits divers qu'elle affecte diversement ; le son de la voix fait alors la nuance ; mais celui qui ne parle pas n'a pas cette ressource ; il faut que son art y supplée et qu'il trouve, parmi ces formes exactes, celle, l'unique, si elle existe, qui exprimera bien sa pensée. De là, des lenteurs, des embarras, même des découragements, que connaissent bien ceux qui tiennent une plume.

Une langue, selon nous, devrait être comme la palette d'un peintre pleine de couleurs, parmi lesquelles le pinceau prend ici, prend là, les mêle et compose ainsi la nuance propre, que l'artiste va appliquer sur la toile.

Telle était cette douce langue d'Ionie qu'Homère a

pétrie, pour ainsi dire, à son gré, ou mieux au gré de l'inspiration et de l'oreille, forgeant l'expression selon le besoin de la pensée et le sentiment de la mélodie du vers, sans souci des incorrections que les grammairiens ont signalées en grand nombre.

Tel est notre patois; il n'est pas le rival de la langue d'Homère, la langue divine, il ne veut pas le premier rang, il accepte d'être au dernier, mais là, où son infériorité le place, il peut quand même revendiquer certains avantages. Il n'est pas une pâte figée dans un dictionnaire et une grammaire, mais une pâte molle que chacun peut encore pétrir et façonner, sans qu'on lui oppose ni la tradition, ni l'académie. Heureux les écrivains qui écrivent et parlent semblable langue, ce sont eux qui la forment, ils en seront les classiques un jour, et ceux qui viendront après eux les consulteront, comme on consultait les oracles.

Comme bien on pense, je ne m'abuse pas sur les destinées de notre langue de Rouergue, l'occasion est passée, perdue, il y a longtemps, d'une moisson de beaux ouvrages en langue patoise, il faut nous contenter d'éternellement bégayer; la langue est souple, pittoresque, elle ne manque ni de force, ni de couleur, mais ne saurait se prêter aux hautes spéculations de l'esprit.

Les origines d'une langue nous semblent expliquer son génie, et son génie nous semble assez intimement lié à ses origines, ce sont donc deux questions connexes; d'autre part, le génie d'une langue révèle celui de la race qui la parle, mais cette race ne demeure pas toujours confinée, fermée, elle subit les influences extérieures, auxquelles elle n'a pu se soustraire, des révolutions, des invasions; la langue dès lors pourrait-elle être à l'abri de ces influences ? La réponse à la question ne peut pas être douteuse.

Pour connaître donc le génie d'une langue, il sera utile de connaître les révolutions qui ont traversé la vie du peuple qui la parle, et de son côté la langue devra porter la trace de ces révolutions, en marquer l'intensité ; la langue devient donc ainsi comme une espèce de document historique.

A première vue, il saute aux yeux que le patois est une langue néo-latine, au même titre et pour les mêmes raisons que l'italien, l'espagnol et le français ; ils sont nombreux les mots patois qui viennent du latin ; les flexions, les sons en général y sont plus latins que dans le français : qu'on entende parler les deux langues, sans même en comprendre le sens, et celui qui a quelque habitude du latin, n'hésitera pas à reconnaître la consonnance, l'harmonie latine dans le patois plus vite que dans le français ; les sons dans celui-là sont pleins, ils le sont moins, ils sont plus aigus dans celui-ci.

Beaucoup de mots d'ailleurs n'ont pas subi dans le patois les mêmes déformations que dans le français : oïmat est plus près de amatum que aimé.

Dans nombre de mots les syllabes latines *al* et *el* contractées en *au* en français n'ont pas subi la contraction en patois : altré est plus près de alter que autre ; costel de castellum que château.

Le *c* est demeuré dur en patois, dans bien des cas où il s'est affaibli en *ch* en français : car, carri, casté sont plus près du latin caro, carrus, castus, que chair, char, chaste ; c'est le français qui s'est ici fait quelque peu charabia.

Il n'y a pas d'*e* muet en patois non plus qu'en latin, et comme en français, ce qui donne à cette dernière langue une multitude de sons affaiblis, qui ne sont plus des sons et qui ne jouent guère un rôle qu'en apparence, un rôle de figurant dans le mot. Il serait inutile de citer des exemples.

Certaines lettres, la lettre *s* en particulier, persistent bien souvent en patois, dans le corps d'un mot, là où le français les a remplacées par un accent circonflexe : houstal, modur, sont plus près du latin hospitale, maturus, que hôtel et mûr.

Voilà ce que dit la langue de ses origines, et nous pourrions, sans trop de peine, je crois, faire d'autres rapprochements utiles et également concluants.

Voyons maintenant ce que dit l'histoire.

Les Celtes, nos pères, maîtres de ce pays avant tous autres, parlaient leur langue celtique, dont l'usage plus ou moins altéré se retrouve encore dans la Basse-Bretagne, le pays de Galles et l'Irlande.

Au vi⁰ siècle avant notre ère, des Grecs de Phocée colonisèrent la côte de la mer intérieure, à l'embouchure du Rhône, et fondèrent Massalie, devenue Marseille, avec d'autres villes, sur la mer, ou à l'intérieur des terres : Antibes, Arles, Hières, Nice, Tarascon, en Espagne, Sagonte, dont les noms tout seuls nous attestent l'origine grecque, comme ceux de Maguelonne, Barcelone, Port-Mahon, Cadix, Carthagène, rappellent qu'elles furent fondées par les Phéniciens de Tyr ou de Carthage. Quelques siècles après, les Romains à leur tour s'établirent dans la même contrée, sur le même rivage, et peu à peu, après Marius et César, la Gaule ne fut plus qu'une province de l'empire.

Alors un nouvel état de choses fut créé, l'administration d'abord, les écoles ensuite, les mœurs enfin et la religion, tout fut changé, tout fut romain ; de là la prépondérance forcée et caractéristique des mots latins dans la langue; l'alphabet celtique disparut, remplacé par l'alphabet latin, l'accent disparut de même. Si l'on considère que les Romains furent les maîtres de la Gaule pendant plus de cinq cents ans, qu'ils s'y étaient établis en grand nombre, pouvait-il en être autrement? La Gaule accepta ses vainqueurs et se mêla avec eux. Les choses se sont toujours passées ainsi, et, de nos jours encore, c'est ainsi qu'elles se passent dans les colonies, où non seulement les langues mais des races entières disparaissent.

Au ve siècle, les Barbares, Wisigoths, Burgondes, Francs, tribus germaines, et après eux les Normands et les Anglais fondèrent des établissements sur notre sol dont ils avaient dépossédé les Romains, c'est de tous ces éléments divers que sont faites notre nationalité et notre langue française. Donner au patois une autre origine, même au point de vue historique, sans parler du témoignage de la langue elle-même, serait une entreprise difficile. Ici nous nous contentons de mesurer les effets aux causes et nous concluons que, comme le provençal, l'espagnol, etc., et au même titre, notre patois est une langue néo-latine, une corruption du latin, mais avec un mélange de mots celtiques, grecs et saxons, ainsi qu'il vient d'être expliqué.

La chose a pourtant été contestée, quelques-uns lui veulent une autonomie entière et qu'il ne soit que la langue populaire des Celtes; ainsi pensait M. Granier de Cassagnac. Pour nous, sans exclure l'élément celtique, et tout en attribuant aux Celtes les mots réfractaires à toute analyse étymologique classique ou saxonne, mais attribuant aux latins les mots visiblement latins, nous nous en tenons à notre conclusion.

Qu'il se rencontre des mots patois qui tout en tenant du latin tiennent également du celtique, même du grec et du saxon, on n'en saurait conclure que la masse des mots est celtique elle-même et que le patois est une langue autochtone, mais seulement que toutes ces langues dérivent d'une même source, tiennent par un commun lien de parenté à une langue plus ancienne ; qu'à un moment de leur histoire, grecs, latins, germains, celtes, ne formaient qu'un même peuple et qu'ils parlaient une langue commune, dont chacun a gardé quelque trace, témoignage de l'ancienne fraternité.

Donc sans être exclusif, nous en tenant au fait historique des invasions, et à la constitution de notre langue, telle que son vocabulaire nous la montre, nous lui laisserons comme bien prédominant son caractère latin.

Ce qui est décisif dans la question, c'est que l'accent porte dans les mots patois, tout comme en français, sur la même syllabe qu'en latin, l'accent, c'est-à-dire le chant, la musique de la langue, ce qui la fait vivante et parlée, ce qui lui donne son expression. L'accent n'a pas pu passer sans les mots ; de plus, le peuple l'a instinctivement appliqué aux mots de source étrangère, aux mots nouveaux comme aux mots anciens, si bien que les mots autochtones, les mots grecs et les mots saxons ont tous été frappés par l'accent au coin latin et se sont chantés et cadencés en latin, tant le latin avait impressionné l'oreille des Gaulois.

CHAPITRE XVI

Origine grecque de quelques mots patois.

Nous pourrions nous en tenir à ce que nous venons de dire sur la question des origines du patois, qu'il nous soit permis cependant d'ajouter une page encore et d'essayer de déterminer ce qui nous vient des Grecs.

Le grec fut parlé avant le latin dans la partie inférieure du bassin du Rhône et il n'y fut jamais oublié; Salvien était de Marseille, son livre de *la Providence* est écrit en grec; il enseignait et prêchait en grec dans son pays, au ve siècle de notre ère; le grec à cette époque était donc encore une langue parlée, une langue comprise. Elle était fort étudiée, comme on sait, par les Romains à la fin de la République et pendant tout l'empire. Chose non moins importante à noter, c'est que les druides, qui, pour l'enseignement de leur théologie, n'admettaient point d'enseignement écrit et ne le transmettaient que de vive voix à la mémoire, s'en réservant ainsi le secret et le monopole, faisaient usage de la langue grecque pour toutes les affaires publiques et privées, auxquelles leur fonction de conseil de la nation les appelait à prendre part. C'est ce que dit César au livre VI de ses commentaires :

Neque fas esse existimant ea litteris mandare, quum in reliquis fere rebus, publicis privatisque rationibus, græcis litteris utantur.

C'est là un fait dont la portée n'échappera à personne, et bien qu'on n'en puisse mesurer l'influence sur le langage populaire, on peut affirmer que cette influence a été réelle, qu'il y a là trace d'une source d'où plusieurs mots grecs se sont répandus, qui, par la force de l'usage, se sont ensuite acclimatés et ont acquis droit de cité.

Nous avons essayé de les reconnaître, de les trier, de les dégager de quelque alliage, travail difficile et agréable à la fois; c'est une joie réelle en effet de découvrir les vieux matériaux d'un édifice, de trouver parfois dans un mot l'explication d'une chose lointaine, dont lui seul a gardé la mémoire. Nous ne nous flattons pas d'avoir réussi pleinement dans cette étude, encore moins d'avoir épuisé le sujet; d'autres nous avaient déjà tracé la voie; d'autres, après nous, pourront utilement s'y engager encore.

Une centaine de mots analysés et par l'analyse rapportés à leur origine grecque, c'est tout ce que nous avons pu jusqu'à présent distinguer et recueillir; nous les proposons au lecteur en une double colonne de mots patois et de mots grecs en regard, avec le sens de chacun dans chaque langue, pour qu'il puisse par lui-même faire la comparaison.

MOTS PATOIS	MOTS GRECS
Asé, oséma.	Ἀάζω, ζάω, ἀασμός.
Poumon, estomac, hésiter, haleter.	Respirer, vivre, souffle.
Bast, bât.	Βαστάζειν, porter.
Blès, bègue.	Βλαισός (latin *blæsus*), bègue.
Balo, bolet, bolouot, polouot.	Βάλλω, ἐκβάλλω.
Balle, escalier extérieur sur la rue, ballot, balle de neige.	Lancer, s'élancer, sortir.
Dobola (dérivé).	
Descendre.	

Botio, bouio.	Βότης, βότηρ.
Celui qui garde, qui soigne les bœufs.	Bouvier, berger.
Bouoto.	Βοτός, τα βοτά.
Bête qu'on mène paître.	Qu'on mène paître, bestiaux.
Boundoulaü (onomatopée).	Βομβύλιος (onomatopée).
Mouche bourdonnante.	Bourdon.
Bouosc.	Βόσκω (*pascor*).
Bois, bocage.	Mener paître.
Bourso.	Βύρσα.
Bourse (en cuir autrefois).	Peau tannée, cuir.
Bouso, bousado.	Βοὺς.
Bouse, fiente de bœuf.	Bœuf.
Broma, bron.	Βρέμω, βρόμος (*fremo*).
Crier, cri.	Crier, cri.
Brounzi.	Βροντάζω.
Résonner, bruyamment, sourdement.	Résonner, tonner.
Broustia, broustio, brout.	Βιβρώσκω, βρῶμα.
Manger, bête qui mange bien, ce qu'on mange.	Manger, nourriture.
Bruilla.	Βρύω.
Pousser, pulluler.	Pulluler.
Buzeins.	Βύζω.
Village où l'on portait les enfants qui avaient la *rhéno*, pour les en délivrer par une messe.	Hurler, crier comme un enfant. *Rhéno* est expliqué ailleurs.
Blossa, oblosia.	Βλάπτω.
Blesser, écraser.	Endommager, nuire.
Carpé, corpéja.	Καρπός, καρπῶ.
Mûr, mûrir.	Fruit, cueillir.

Cémétéri.
Cimetière.

Κοιμητήριον.
Lieu de repos.

Clédo, clédou.
Claie, fermeture.

Κλῆδος.
Claie.

Cloussi.
Glousser.

Κλώζω.
Glousser.

Cocaï, coga.
Saleté, fiente, chier.

Κακά, κακκάω (*cacare*).
Mal, chier.

Cano, conobéro.
Canne, roseau poussant de longues tiges.

Κάννα.
Roseau.

Conibieiro, conobou.
Chenevière, chenevis.

Κάνναβις.
Chenevis.

Cluetch.
Litière, paille pour litière.

Κλίνω.
Se coucher.

Conostel.
Squelette, particulièrement la partie haute dans laquelle vertèbres et côtes décharnées présentent l'aspect d'une corbeille.

Κάναστρον.
Corbeille.

Coscola.
Rire aux éclats.

Κασκαλίζω.
Eprouver des chatouillements.

Coudoun, coudounio.
Coing, coignassier.

Κυδώνεα, κυδώνιον.
Coignassier, coing.

Coūma, escoūmassi.
Se dit d'un troupeau qui se met à l'ombre à cause de la chaleur. Chaleur lourde de l'après-midi.

Καίω, futur καύσω, καυμασία.
Brûler, chaleur.

Coupa, copusa.
Couper, trancher, tailler.

Κόπτω.
Couper.

Coucut (onomatopée).	Κόχχυξ (onomatopée).
Coucou.	Coucou.
Crémal.	Κρεμάννυμι.
Crémaillère.	Suspendre.
Cuf.	Κοῦφος.
Vide, qui a tout perdu.	Léger, vide.
Cuta, cutorléja (fréquentatif).	Κεύθω, ἔχυθον.
Fermer les yeux, clignoter.	Être caché, obscur.
Cuto-maūros.	Κεύθω, μαῦρος.
C'est le jeu de collin-maillard, où l'on a les yeux bandés.	Obscur, sombre.
Fouon maūro.	Précédente racine.
Source sombre à cause de sa profondeur.	
Défoba.	Ἐφηβάω.
Venir à la puberté.	Venir à la puberté, être plein de sève.
Dionous.	Διόνυσος.
Nom propre.	Bacchus, Denys.
Emé.	Ἄνεμος (*animus*).
Souffle, courage.	Souffle, vent, courage.
Empréné.	Ἐμπμίπρημι.
S'allumer.	Enflammer.
Empusa.	Ἐμπυρίζω.
Attiser.	Allumer.
S'engolota, songlouta.	Γλώττα.
Avaler de travers, sangloter.	Glotte, langue, luette.
Encolat et *oncolat.*	Ἐγχολλάω.
Fromage mou.	S'agglutiner, se prendre.
Entéména.	Ἐντέμνω.
Entamer.	Couper, entailler.
Esconat.	Ἰσχαίνω.
Amaigri.	Dessécher, amaigrir.

Escouissa.
Déchirer.

Σχίζω.
Déchirer.

Estélo, estélou.
Bûche, copeau.

Στελεόν.
Bûche.

Estoufa.
Étouffer.

Στύφω.
Étouffer.

Fallo, follado.
Bas-ventre, haut des cuisses, ce que l'on porte sur le ventre, ventrée.

Φαλλός.
Phallus.

Fringa, fringaïré.
Courtiser, faire l'amour, celui qui fait l'amour.

Σφριγάω.
Éprouver des désirs amoureux. Frigga, Vénus scandinave.

Fuel, fueillo, fuillou.
Feuille des arbres.

Φύλλον.
Feuille.

Gaï, s'égoïa.
Gai, joyeux, s'égayer.

Γαίω.
S'égayer, être transporté de joie.

Gorgaillo (onomatopée).
Bruit de l'eau dans le gosier, quand on boit sans porter la cruche aux lèvres.

Γαργαρεών.
Gosier.

Groumesto.
Espèce de noix, très grosse.

Μεγίστος.
Superlatif de μεγας, ne rend compte que de la fin du mot.

Aïsso-gyno, houorro-gyno.
Personne haïssable, horrible, mot composé.

Γυνή, explique l'expression, femme.

Kerbo (vient du grec comme *monado* du latin).
Anse, poignée.

Χείρ.
Main.

Lious, lioussa.
Éclair, éclairer.

Ἥλιος, ἡλιόω.
Soleil, exposer au soleil.

Litonios.
Litanies.

Λιτή et λιτανεία.
Prière.

Loïssa.
Laisser.

Λείπω.
Laisser.

Match, matz.
Pétrin.

Μάσσω.
Pétrir.

Mosérado, omoséra.
Pain rond, petit, fabriqué et cuit avec soin, façonner le pain.

Μάζα, μαζηρός, μάζος.
Gâteau, qui a rapport aux gâteaux. Sein, dont le gâteau ou pain en question rappelle la forme.

Mamo.
Mère.

Μάμμη (*mamma*).
Mère, mamelle.

Mésoulo.
Moelle, mie. Ce qui est au milieu.

Μέσον.
Milieu, qui est au milieu, comme la moelle, la mie.

Cousinio mocari.
Cuisinier habile. Le mot *mocari*, le seul qui nous occupe, ne se trouve que dans cette expression.

Μάκαρ et μακάριος.
Heureux, riche.

Mongounio.
Homme de ressource, habile aux choses manuelles, autrefois qui maniait le mangonneau.

Μάγγανον.
Machine de guerre. Mangonneau, terme d'artillerie au moyen âge.

Morrono.
Dépérissement, langueur, marasme.

Μαραίνω.
Se flétrir.

Naūc.
Auge en bois.

Ναῦς.
Vaisseau.

Néba.
Neiger.

Néoū.
Neige.

Néné.
Tout petit enfant.

Néplo, sé népla.
Brouillard (se couvrir de).

Nesta (qué n'o pas nesto).
Se passer de.

Nuetch.
Nuit.

Omelonquo.
Fruit noir de l'amélanquier.

Onco.
Hanche.

Opé, opopé.
Oui, j'en tombe d'accord.

Orsi.
Féconder.

Papo.
Père.

Paūco.
Mesure de vin.

Pégal.
Cruche.

Pétas (ne saurait venir de *petasus*, chapeau).
Morceau d'étoffe.

Piot, fréquemment employé dans Rabelais, au sens de vin, boisson.

Νίφω (non pas *ningit*).
Neiger.

Νίψ, νιφός.
Neige.

Νὲος, dont la première syllabe est répétée. Jeune.

Νεφέλη (*nebula* a donné *niboul*).
Nuage.

Νηστεύω.
Jeûner.

Νύξ, νυκτός (*nox*).
Nuit.

Μέλας, μέλαν.
Noir.

Ὀγκος.
Grosseur, enflure.

Ὀπωπα.
Je sais.

Ἀρόω, ἄρσην.
Féconder, mâle.

Πάππας et πάππος (papa).
Grand-père.

Πίνω, πέπωκα (*poculum*).
Boire.

Πηγή (*pégase*).
Source.

Πετάννυμι, πετάσω (*pétasus*, chapeau).
Étendre, déployer.

Πίνω, πίομαι, ἔπιον.
Boire.

Pipa (pipa roussel). — Πίπος, πιπίζω.
Jabot, gorge d'oiseau, rouge- — Oisillon, piailler.
    gorge.

Pissa, piso (le pis). — Πιπίσκω, πίοω.
Couler, pisser, abreuvoir. — Donner à boire.

Pla. — Πολλά.
Bien, beaucoup. — Beaucoup.

Plec, pléga. — Πλέκω.
Pli, plier. — Plier.

Ploléü. — Πλάτος, πλάτυς.
Planche large, épaisse. — Largeur, large, plat.

Poïssel. — Πάσσαλος.
Échalas, pieu. — Échalas, pieu.

Polomart. — Παλάμη (*palma*).
Pied, plante du pied. — Paume de la main.

Porroquio et *porrouesso.* — Παροικία.
Paroisse (qui signifie grou- — Voisinage.
    pement).

Pouli, poulino. — Πωλίον.
Poulain, pouliche. — Cheval, poulain.

Presbytari. — Πρεσβυτέριον.
Presbytère. — Demeure du prêtre.

Puput, poupouno (onomatopée) — Ἔποψ, ἔποπος.
Huppe, oiseau. — Huppe.

Rafé. — Ῥάφανος.
Radis. — Chou, navet, rave.

Ratch, rec, roja, rojouol. — Ῥέω, ῥήγνυμι.
Rapide d'une rivière, ruis- — Couler, ruisseler.
    seau, couler.

Rhéno, rhénous. — Ἀῤῥηνέω.
Humeur hargneuse particu- — Être difficile, hargneux.
    lière aux enfants, qui a
    cette humeur.

Rounqua. — Ῥέγχω.

Ronfler. — Ronfler.

Ségnépiou. — Σήνηπι.

Rougeole. — Moutarde, qui rubéfie, provoque des rougeurs.

Sigola. — Σιγαλόεις.

Éblouir par lumière trop vive. — Brillant, éblouissant.

Sabo. — Ἥβη, dont l'esprit rude est

Sève. — devenu *s,* jeunesse (ἕρπω, *serpo*).

Suquo. — Ψυχή.

Tête, esprit au figuré. — Ame, esprit.

Tatso, totsa. — Τάξις, τάσσω.

Taxe, taxer. — Règle, taxe, régler.

Tétino, tétou. — Τίτθη, τιτθίον.

Tétine, mamelle, pis, téton. — Tétine, mamelle, téton.

Tolen. — Τάλαν, neutre de τάλας.

Faim (étymologie difficile; nous proposons la nôtre sous toutes réserves). — Misérable. Le masculin τάλας n'est-il pas lui-même dans hé-las?

Toumbo. — Τύμβος.

Tombe. — Tombe.

Traüc, troüca. — Τραῦμα, τιτρώσκω, τέτρωκα.

Trou, faire un trou. — Blessure, blesser.

Tribalo. — Τρίβω.

Nom propre, nom d'un moulin. — Broyer, moudre.

Trissa. — Τρίβω.

Broyer. — Broyer.

Tron, trona. — Βροντή, βροντάω.

Tonnerre, tonner. — Tonnerre, tonner.

Tusta. — Τύπτω.

Frapper. — Frapper.

Tropélo.　　　　　　　Τρέπω, τραπελός.

Trape.　　　　　　　Tourner, qui tourne.

Dans l'analyse à laquelle tous les mots précédents ont été soumis, nous nous sommes guidé d'après la règle suivante : Tout mot, dérivé d'un autre mot dans une même langue, ou emprunté à une autre langue, doit pouvoir être rapporté par sa forme à une forme primitive plus ancienne et exprimer un sens analogue. C'est de cette double manière à la fois que la filiation doit s'accuser.

Toute étymologie, pour être vraie et s'imposer comme telle, doit donc porter sur le sens et sur la forme, et, par une claire analyse, malgré les transformations subies, montrer cette double ressemblance.

Telle est la règle ; expliquons-la par quelques observations générales, savoir, que les mots ne s'altèrent pas d'une manière capricieuse ; que les voyelles en sont la partie la plus fragile ; que les consonnes en sont la partie constitutive, par conséquent la plus résistante ; qu'un son s'affaiblit, s'assourdit ou se renforce, selon l'oreille, le goût, l'éducation des groupes qui le parlent ; que la constitution organique du mot due à la combinaison des consonnes peut subir, elle aussi, quelques atteintes ; qu'une consonne, la médiane surtout, peut disparaître ; que sans disparaître elle peut se déplacer ; enfin que certaines consonnes, les muettes, peuvent changer de degré, sans changer de nature, se transformer, *p* en *b,* *c* en *g, d* en *t,* et réciproquement.

Nous ne saurions, sans perdre de vue l'objet de cette étude, nous attarder en de plus longs détails sur cette matière.

———

CHAPITRE XVII

Accent tonique patois.

Nous avons un peu plus haut présenté l'accent tonique dans le patois comme une des marques de son origine, un signe de sa véritable filiation, qu'il nous soit permis d'insister sur cet objet en un chapitre spécial.

Personne n'ignore que l'accent tonique est une élévation particulière de la voix sur une syllabe dans chaque mot; cette élévation est de un ou deux tons dans un langage calme et mesuré, mais peut s'élever de plusieurs tons encore dans les interrogations, dans un langage passionné.

Il se met en latin sur la pénultième de tout mot, quand elle est longue, même quand elle est brève, si le mot n'a que deux syllabes. Ex. : rosārum, rōsam.

Il se met sur l'antépénultième, quand la pénultième est brève. Ex. : dōminus.

Il se déplace dans les mots à flexions, noms, adjectifs, verbes, mais toujours d'après les règles précédentes et sans avoir égard à la quantité de la finale. Ex. : sānctus, sanctōrum, sanctīssimus, āmo, amāmus, amabāmus.

En français et en patois où existe beaucoup moins la différence des brèves et des longues, la quantité n'influe en rien sur la position de l'accent.

Règle générale. Il affecte en français la dernière syllabe du mot, quand elle est phonée, et l'avant-dernière, quand elle est aphone ou muette.

En patois, la syllabe accentuée est la même qu'en français; mais comme il n'y a pas d'*e* muet, ni par conséquent de syllabe muette, il s'ensuit que cette syllabe est la dernière du mot en patois, quand elle est la dernière en français ; et l'avant-dernière en patois, lorsque la dernière en français est aphone ou muette, celle-ci, en patois, demeurant phonée, tout en cessant d'être tonique : rōse, rosētte, rōso, rousētto, aimēr, oïmā.

Or il se trouve que dans les mots français et patois empruntés, à l'origine, directement au latin, l'accent affecte la même syllabe qu'en latin, qu'il se déplace de même dans les mots à flexions, de sorte qu'il porte alors sur la même syllabe dans les trois langues. Ex. : āmo, amābam, amāmus ; j'aīme, j'aimaī, nous aimōns ; aīmé, oïmābo, oïmon.

Dans les mots dérivés d'une même famille, comme dans les mots à flexions des trois langues, l'accent se déplace, et pour la même raison du nombre variable de syllabes, mais affecte la même dans le même mot des trois langues. Ex. : antīquum, antiquitātem ; antīque, antiquitë ; ontīqué, ontiquität.

Dans tous les cas, comme c'est sur la syllabe tonique du mot latin que l'attention se porte d'abord, elle que l'oreille distingue entre les autres, elle n'a jamais été sacrifiée, à l'origine, même lorsque la langue s'est peu à peu altérée.

De ce qui vient d'être dit sur l'accent, on peut conclure qu'un lien étroit unit les trois langues : non seulement le mot patois, la charpente de la maison, est latin, mais encore le style ; non seulement l'idée toute nue, mais encore l'expression qui la colore. C'est par l'accent surtout que l'âme se communique ; ce ne sont pas les articulations seules qui se ressemblent ici, venant de même source ; c'est la même cadence, les mêmes inflexions, la même musique par lesquelles se manifeste une même âme.

CHAPITRE XVIII

Où se révèle plus particuliérement le génie du patois.

De même que les descendants gardent toujours quelque chose des ancêtres, de même le génie d'une langue
tient pour une bonne part à ses origines ; c'est en effet
par elle que, comme par un canal, les idées, la sève,
ont passé ; c'est là un point acquis maintenant, auquel
nous pourrions nous tenir. Nous croyons cependant
bien faire de préciser davantage et d'étudier par le
détail cette question du génie du patois.

Ce génie s'accuse principalement par la création
facile et l'emploi fréquent d'onomatopées, de fréquentatifs, de diminutifs, augmentatifs et péjoratifs et de
mots composés, multiple avantage que le français n'a
pas au même degré.

Une idée, image d'une chose, et le mot, image de
l'idée, doivent tous deux être conformes, la première à
l'objet, le second à l'idée ; on a ainsi clarté, exactitude ;
mais l'exactitude ne suffit pas toujours, il faut lui ajouter l'expression.

Le sentiment, la passion que les choses, les idées
éveillent sont à plus d'un degré ; le patois étant langue
populaire, faite pour exprimer les impressions vives et
mobiles du peuple, monte ou descend tous ces degrés.
Le français étant une langue plus polie, celle d'une
société où l'on surveille ses impressions, ne le peut ; il
a plus d'exactitude mais moins de souplesse.

Ces ressources qu'offre le patois, pour le relief que
l'on veut donner à la pensée, sont en très grand nom-

bre ; le nombre même n'en est pas limité autrement que par l'imagination plus ou moins féconde de chacun, pourvu que le mot trouvé soit frappé au bon coin. Contentons-nous de citer ici quelques exemples ; le lecteur pourra facilement les multiplier, à son gré, dans chaque espèce.

Onomatopées : embolosca, boundoulaū, clafo.

Fréquentatifs : nistosséja, escompilla.

Diminutifs : postourel, monetto, onillou.

Augmentatifs : oūbras, hoūménas, que l'on trouve dans Rabelais.

Péjoratifs : coporaū, coutoillas, fennasso.

Mots composés : furgonisés, escourgosélo, combobira, malmogrado, saūtobuscaillos.

Dans les mots composés, les deux parties du mot demeurent distinctes, dans la crase elles se fondent ensemble, et c'est un mot nouveau qui en résulte. La formation et l'usage des crases n'est ni moins naturel, ni moins fréquent que la formation et l'usage des mots composés, en patois comme en grec.

Voici les plus communes, elles sont généralement peu remarquées : men, ten, lin, noun, boun, loun (pour mé en, té en, li en, nous en, bous en, lous en), naūtrés, baūtrés, oūon, déjoul, toubéras, parrès, dount (pour dé ount), oquouos pas otal (pour oquouo és pas otal), quouro.

En français, l'élision et l'apostrophe sont réduites aux seules voyelles *a*, *e*, *i*, à la fin d'un certain nombre de mots très restreint, pronoms, prépositions, conjonctions. En patois, les voyelles finales se peuvent élider, à la condition de n'appartenir pas à la syllabe tonique : Omb'un bostou, foguèr' un salt.

Souvent l'élision se fait, non de la voyelle finale du

mot qui précède, mais de la voyelle initiale du mot qui
suit, ce qui se rencontre assez souvent dans Homère.

Obal lou louong dé l'aïo
N'y o 'no prad'o doilla.

On voit dans ce seul exemple les deux genres d'élision réunis.

La règle de ces élisions n'est pas une règle fixe,
qu'on puisse invoquer et qu'il faille appliquer dans tous
les cas; le sentiment de la cadence, de la mesure en
poésie, de la consonnance harmonieuse tant en prose
qu'en vers, semble être l'unique règle bonne à consulter.

C'est là une ressource qu'a le patois, d'allonger ou
de raccourcir les mots, d'éviter de fréquents hiatus; en
cela plus conséquent, plus pratique que le français, qui,
en proscrivant l'hiatus, n'a pas donné le moyen de
l'éviter.

Le patois ajoute une voyelle initiale *e* ou *o* à certains
mots qui n'en ont pas dans le mot d'où ils sont tirés :
éspaso, éspotulo, éstotuo, éstopli, oglon, obourglia,
orribal, ossiboda, ossodoula, osségura, etc.

Il n'est pas jusqu'au ν euphonique des Grecs que l'on
ne retrouve dans le patois : odressas bous oñoquel,
pensas oñoquouos.

Enfin en patois, comme en grec, et souvent en latin,
les consonnes muettes se remplacent à la fin ou dans le
corps des mots, ainsi qu'il en a été fait la remarque à
la fin du chapitre XVI.

C'est ainsi que le *b* latin des mots fabula, sabulum,
amabilis, biblia, et d'une foule d'autres, est devenu *p*,
faplo, saplo, oïmaplé, biplo, que *p* de populus au contraire est devenu *b* dans piboul. Mais ce sont là des

transformations qui se sont faites à l'origine et qui n'ont pas changé depuis, ni ne peuvent changer dans l'avenir, dans des mots qui ne changent pas eux-mêmes.

Autre est le cas des mots à flexions, des verbes en particulier, ou des mots dérivés appartenant à une même famille, dans lesquels la terminaison varie de l'un à l'autre et où la muette est douce ou forte tour à tour.

Dé qué sap ? déqué sabés ?

Gorric-gorrigo, plec-pléga, roussec-rousséga, ségré mé sec, etc.

Testut, testudo, oïmat, oïmado, fénit-fénido, etc.

Les noms terminés au singulier par *p* ou *c* comme esclouop, cap, tap, crouoc, rouoc, etc., ne se contentent pas de prendre un *s* au pluriel, mais changent encore leur finale en *t* et au lieu de faire régulièrement esclouops, crouocs, font esclouots, crouots, etc.

Cette irrégularité qu'explique seule la raison d'harmonie se retrouve, chose plus singulière encore, dans les adverbes prep et trouop, qui, au pluriel, deviennent de véritables adjectifs, et, comme les noms précédents, et pour la même raison, changent *p* en *t*. Ex. : sou prets aro, éren pas trouotsés. L'adverbe prou devient également adjectif au pluriel : n'y o pas trouotsés, mais n'y o proussés.

Tous ces changements s'expliquent par une même raison commune, la raison d'euphonie, le besoin de l'oreille, de quoi il convient de faire honneur au patois. Ce besoin n'a pu être inoculé à des populations rustiques que par un long commerce avec les Latins, avec les Grecs, auxquels ces procédés étaient familiers.

CHAPITRE XIX

Défauts du patois.

On pourrait poursuivre encore cette étude du génie de notre langue, nous pensons que cela suffit pour nous convaincre que ce génie éclate surtout par le coloris, l'harmonie et le pittoresque ; ce sont là de précieux avantages ; voyons maintenant les défauts.

Le premier, celui que rien ne peut racheter à nos yeux, c'est que le patois est une langue incomplète, pauvre, et dans l'impuissance de se pouvoir enrichir : faite pour les paysans, comme le remarque excellemment l'abbé Vayssier, elle est restée uniquement leur organe ; ni les arts, ni les sciences, ni la politique ne l'ont touchée ; tout a progressé autour d'elle, elle ne s'est en rien associée à ces progrès, sur ce point le français a eu pleine victoire.

De plus, les termes patois peuvent avoir beaucoup de pittoresque, mais un grand nombre parmi eux manquent de précision ; l'avantage qu'ils ont du côté de la couleur, ils le perdent du côté de la clarté ; c'est là le second défaut. Trop souvent une expression générale suffit à exprimer des sens particuliers distincts ; l'habitude de l'analyse au contraire a donné au français une rectitude, une netteté, une vérité d'expression simple que le patois ne connaît pas.

Un troisième défaut, dont on a voulu le défendre trop souvent, dont, selon nous, au contraire, il faut presque lui faire un mérite, c'est la grossièreté. Un miroir fidèle représente les traits d'une belle personne, miroir excellent, dira-t-on ; qu'une personne laide vienne à s'y mirer, le miroir qui réfléchit sa laide image a-t-il perdu son excellence? Ainsi d'une langue; elle est l'image de la société qui la parle; peut-on lui en faire un reproche? Si le patois est grossier, c'est parce qu'il est le reflet lointain d'une société grossière; grâce à lui, nous savons un peu comment ont vécu, comment vivent encore tant d'hommes sur notre sol; dans quelles misères morales et physiques ils ont croupi. Un geste en dit parfois beaucoup, un mot en dit davantage, le manque d'expressions parle aussi à sa manière; dans une langue, l'état d'âme y est révélé. Médailles, inscriptions, monnaies, parchemins s'altèrent avec le temps et ne reproduisent bientôt plus que des choses confuses; les éléments extérieurs ne peuvent rien sur les mots, ils sont inaltérables comme les idées, tant qu'une langue est vivante. Les grosièretés que l'on reproche au patois sont des empreintes, des choses qui ont vécu; pour les comprendre et les savoir, il faut les voir telles qu'elles ont vécu.

La faute n'est pas au patois; le reproche, s'il est mérité, remonterait plus haut, à la race même, et à l'époque qui le parlait. Il reflète, et il a cela de commun avec toutes les langues, le temps où ceux qui le parlaient étaient naïfs, plus simples que nous; ils ne connaissaient pas les raffinements que nous avons connus depuis; leurs mœurs étaient celles des serfs dont ils avaient la condition. N'est-ce pas un mérite dès lors pour notre langue d'être, par ces grossièretés mêmes, l'image d'un état de société qui semble s'éloigner de nous et devoir bientôt disparaître?

Nous avons fini d'expliquer les origines et le génie de la langue patoise; la matière est loin d'être épuisée, elle comporterait encore des développements; la conjugaison en particulier, qui en patois, comme en latin et en grec, supprime le pronom sujet, et dont nous n'avons rien dit, pourrait fournir ample matière ; nous aimons mieux nous borner, préférant le reproche d'être incomplet à celui d'avoir été trop long.

Le procédé analytique que nous avons suivi jusqu'ici, nous conduit à terminer cette étude par un dernier chapitre sur l'alphabet et l'orthographe, à finir par où l'on commence le plus souvent.

CHAPITRE XX

Alphabet et orthographe du patois.

Le patois ne pouvait avoir que l'alphabet latin, puisque c'est de lui qu'il tire sa principale origine, qu'il en a l'accent.

Comme lui il n'admet pas d'e muet ni d'é marqué d'un accent circonflexe, par suite d'une syncope ; et par là sa parenté avec le latin apparaît moins affaiblie que dans le français.

Il n'y a pas non plus la consonne v, en quoi il se rapproche du grec ; dans les deux langues, v est remplacé par b.

Le v latin n'est d'ailleurs dans quelques mots que le béta grec, ou l'esprit rude de la voyelle initiale volo, βούλομαι, bouolé ; vesper, ἕσπερος, bespros, etc.

La forme du v ne diffère pas sensiblement de celle de l'upsilon grec, on retrouve cette forme dans les anciennes inscriptions, dans les anciens livres manuscrits ou imprimés, où v remplace u assez souvent : avgustin, Lovis, monvmentum, etc.

8

En sacrifiant donc la lettre *v*, difficile à différencier avec *b* pour des organes agrestes, le patois ne nous semble pas avoir contracté une infériorité bien sensible ni vis-à-vis du latin, ni vis-à-vis du français.

La consonne double *ch* se prononce *tch* en patois et doit naturellement s'écrire de même; elle provient dans le plus grand nombre de cas de la terminaison latine *agium* : naufragium et suffragium, noūfratché, sūffratché, etc.

Les délicats pourraient écrire par *tg* et prononcer noūfraïgé, sūffratgé, mais jamais noūfragé, sūffragé.

Le double *w*, d'importation récente en français, est-il besoin de le dire? n'existe pas en patois.

Tel est l'alphabet, telle en est l'origine.

L'orthographe patoise est difficile : comme il n'y a pas d'autorité reconnue parmi nous, ni celle de la tradition littéraire, ni celle d'un corps savant chargé de résoudre les difficultés, ayant autorité pour cela, les formes des mots tant au point de vue du dictionnaire que de la grammaire ne sont ni nettes, ni fixées; les prononciations sont diverses, l'orthographe doit s'en ressentir.

Essayons, non pas d'établir des règles, mais d'indiquer d'après quels principes on pourrait se régler. Il faudrait, selon nous, tenir compte de trois choses, de la prononciation, de l'origine du mot et de la forme que ce mot, de même origine, a en français; faibles ressources, mais à défaut d'autres on peut encore utilement y avoir recours.

En général, en patois, toutes les lettres se prononcent et il faut, en principe, écrire les lettres prononcées, telles qu'elles sont prononcées. Mais lorsqu'une lettre n'est pas prononcée, faut-il ne pas l'écrire? nous ne le pensons pas. On dit un gron prat, un gront omimal, et une grondo fillo; faut-il écrire gron et gront, selon le cas? ni l'un, ni l'autre, mais grond partout, à cause de grondo, féminin, qui détermine la véritable et unique forme du masculin.

Le pluriel donne lieu à des réflexions analogues, on écrira lous mouorts et lous bibents, lous gronds et lous pitchous.

De même, houomé devra s'écrire avec un *h* pour l'unique raison qu'il en a un en français et en latin; ouomé serait un mot défiguré.

Nous ne revenons pas sur l'orthographe de *tch*.

Le *g* doux et le *j* s'articulent de même dans les mots et font en apparence double emploi, on ne saurait pourtant répudier l'une des deux lettres, ni sacrifier l'une à l'autre; l'origine du mot devra seule en régler l'orthographe. Ainsi on écrira générous, ginest, jomaï, justé.

De même pour la lettre *s* et le *c* doux, l'emprunt fait du mot indiquera seul comment il doit s'écrire : séti, sét, céda, cendrés.

Les diphthongues *aou, éou, oou* dans les mots m'en baou, botéou, s'en boou, etc., si retentissantes à l'oreille, n'offrent de difficulté que dans la manière de les figurer, nous les avons écrites aū, éū, oū, marquant l'*u* d'un trait horizontal et lui rendant ainsi le son naturel de *ou* qu'il avait en latin.

De même les syllabes *ai, ei, oi*, qui se prononcent *ail, eil, oil*, nous proposons de les écrire avec un *i* sans *l*, ne leur appliquant pas la prononciation française de ces trois syllabes dans aimer, orgueil, oison, mais détachant chaque voyelle de l'autre et les faisant sonner toutes deux.

En terminant cette étude, nous croyons utile de

rappeler qu'elle a été entreprise avec des matériaux peu nombreux, recueillis sur un terrain circonscrit; d'autres études analogues pourraient utilement être entreprises qui se distingueraient de celle que nous publions aujourd'hui et la compléteraient.

Les documents littéraires réels, collationnés ici, sont bien du canton de Sévérac (question d'origine mise à part), mais tous ne lui sont peut-être pas exclusivement particuliers, verba volant, les idées et les mots ont des ailes.

A ces documents nous avons joint des considérations de diverse nature, sur le patois en général, ses origines et son génie, et, ce faisant, nous avons dû élargir notre cercle, sortir un moment du canton où nous nous étions confinés ; nous espérons qu'on nous pardonnera de nous être écarté, en apparence seulement, de notre sujet, et que, de l'œuvre à l'instrument, la langue, qui l'a produite et façonnée, la connexité sera comprise.

TABLE DES MATIÈRES

Paris. — J. Mersch, imp., 4bis, Av. de Châtillon